Mayumi & Yuta

「末っ子、就活駆け抜けました」

末っ子、就活駆け抜けました

毎日晴天！20

菅野 彰

キャラ文庫

この作品はフィクションです。
実在の人物・団体・事件などにはいっさい関係ありません。

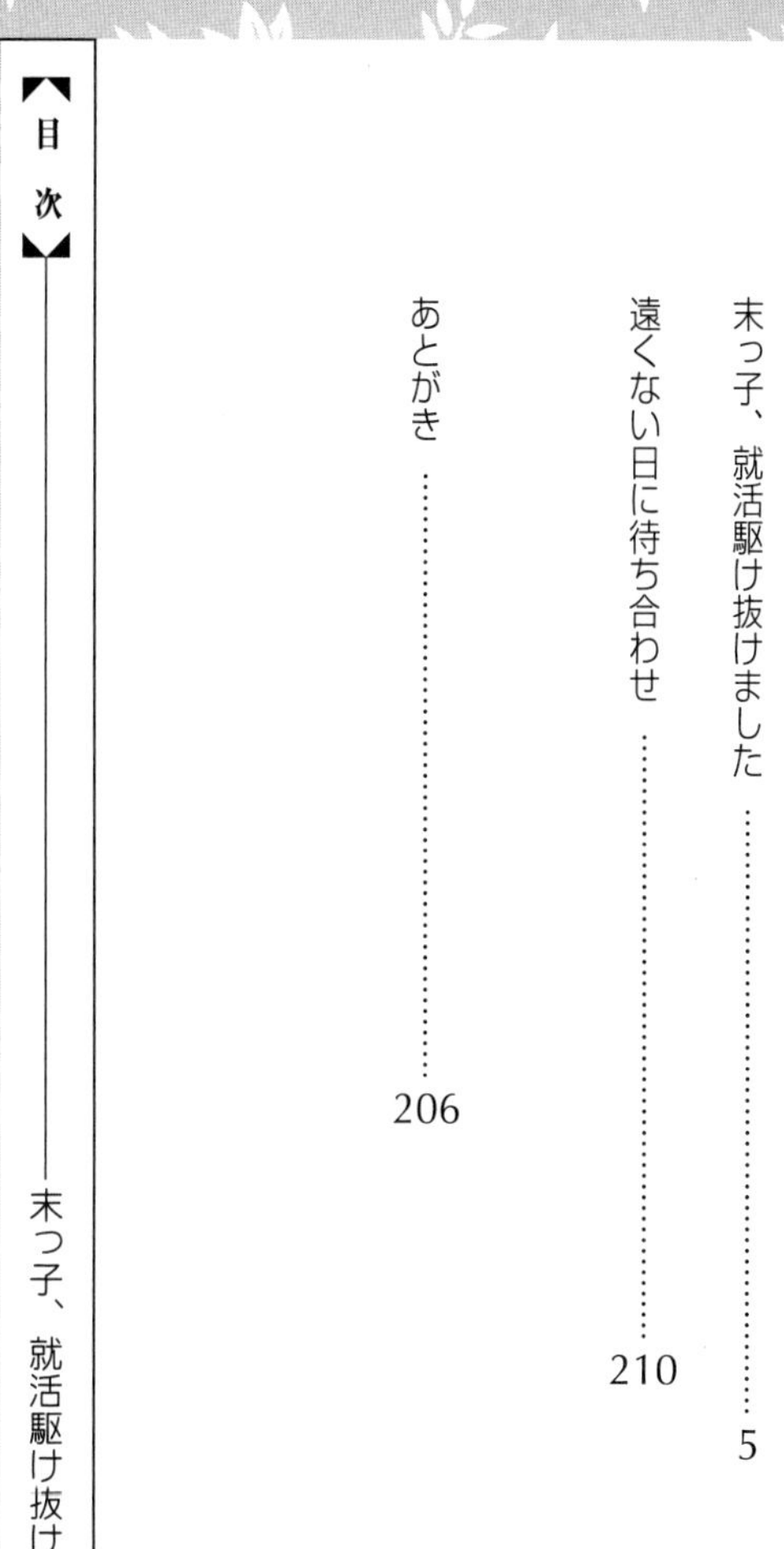

目次

口絵・本文イラスト／二宮悦巳

平凡さがありがたい例年通りの正月が過ぎて、一月も半ば近くになると何もかもが日常に戻っていく。

竜頭町三丁目帯刀家の末っ子の、大学三年生就職活動中の真弓を除いて。

「大丈夫なのかな。あいつ」

「大丈夫そうには、見えないけど」

水曜日の朝、出勤前の居間で独り言ちたワイシャツ姿の帯刀家長男大河に、相変わらずの白い割烹着の恋人でありSF作家の阿蘇芳秀がため息を吐いた。

「どうしても、話してくれる気はなさそうだね」

バイトに出る支度をしていた帯刀家次男で大学院生の明信が、落ちそうになった眼鏡をかけ直す。

「くうん」

ジムに出かける支度がすっかり済んでいる、帯刀家三男でプロボクサーでありトレーナーの丈は黙って、真弓にとってはおじいちゃんである老犬バースを撫でていた。

「水曜日、講義なくなってたんじゃなかったか。確か真弓は」

三か月前の十月、就職活動に突入した真弓は、大河が勤めている草坐出版に初めてグレーのスーツを着て見学にきた。スーツは慌てて大河が見繕ったもので、その日はもう講義がないと真弓が言っていたことを覚えている。

「でも、野球部のマネージャーは続けてるから。水曜日も出かけてたと思うけど。ただ」

家で執筆しながら家事をしている作家なので、秀は家族の動向を最も把握していた。

「言われたら、ずっと黒い部活ジャージで出てた気がするんだけど。最近ジャージじゃないかな。今朝も……なんていうか、勇太(ゆうた)と出かける時みたいな服装だった」

それなりに身なりを整えていたと、さっき暗い顔で出ていった真弓の服装を秀が振り返る。

秀の息子で、真弓の恋人の阿蘇芳勇太は、勤め先の山下(やました)仏具に急ぎの修繕が入ったとかで誰よりも早く家を出ていた。

「どこにいってんだろうな」

どうしても心配が映ってしまう声で、大河が呟(つぶや)く。

就職活動に突入したはずなのに、忙しそうだが何をしているのかまったく話してくれないままどんどん口数が少なくなっていく真弓を、姿を探した大河だけでなく家族全員が心配していた。

「くうん」

もしかしたらバースが、一番心配しているのかもしれない。

「どこに……」

実のところ明信にだけは、僅かに心当たりがあった。けれどバイト先の正社員になった入江圭介から一言「家庭教師」と聞いただけだし、その件について尋ねようとした時真弓は全身で拒絶していた。

「なんか、心当たりあんのか？　明信」

普段ならどちらかというと察しがいいとは言えないはずの大河に問われて、勝手にこの場で話すわけにはいかないと、明信は無言で首を振る。

積もるため息の代わりに秀が、あたたかい茶のおかわりをそれぞれの手元に注いだ。

「図々しい願い事をしたバチが当たったんじゃなきゃいいんだが……」

「大河、それってもしかして」

独り言ちた大河に、もしや同じ図々しい願い事をと秀が震える。

「僕も、かも。バチが当たった」

「いつの間にか何事もなかったようにいい就職が決まっていますようにって、思ったのか？　明信も、秀も」

あれだけ「やりたいことが何もない」と言い続けた真弓の就職活動に、まさかそんな図々しい願い事を皆がと、大河が目を見開いた。

「オレだって思ったよー」

おとなしいバースをゆっくり撫でていた丈が、口を開く。

「僕も願った。だって、真弓はできる子だし……」

「僕も。どんなに真弓ちゃん自身がやりたいことがないって悩んでたって、いざ就活を始めたらそんなに苦労するとは思えなくて」

明信と秀が続けて呟くと、家族の願いはそれほど図々しいものではなかったと皆が思えた。

真弓は大学三年生のこの正念場を迎えるまで、長いこと「自分には何もない。やりたいことが何も見つからない。何一つ見つからない」という迷いの森にいた。深淵をさ迷ってはいたが、真弓は勉強はずっと真面目にしてきたし人づきあいも上手くやれている。

就職という目的にいざ立ち向かえば、なんとかなると思うのはそれほど非現実的な家族の妄想ではないはずだった。

「……なのにあんな暗い顔して、口数も少なくなって」

真弓がその有様になったまま年を跨ぎ、どんどんため息が増えてひと月が過ぎ、大河はただ心配だ。

「ごはんのおかわりも、なくなったよ」

秀は毎朝毎晩、今日こそは真弓が「おかわり」と言ってくれないだろうかとその言葉を待ち続けている。

「やっぱり何か、あったんだろうね」

家庭教師先でなのだろうかと一人胸を痛めながら、明信は丈が撫でているバースを見つめた。

「……だとしても、真弓が一人で始める時だ。手を出すところじゃない」

「こっちから、どうしたのなんて訊いたらいけないよね」

大河と秀は、真弓に過保護にしてはいけないという話を一度きちんとしていて、見ているしかないと頷き合う。

「そうだね」

手を出す場面ではないという二人の言葉に、明信は不安を高めながらも頷いた。

「そうかなー」

けれど、陰鬱としていた居間の空気を、唯一いつも通りの丈の声が吹き飛ばす。

「オレ、もう二十五になって。ずっと世話になってたジムに就職して決まった給料貰うようになってさ。それって大人ってことなんだろうけど。一人でなんてなんにもできてきてねえよ」

「丈」

できてないと言い切った丈に明信が、それがもし自虐なら許さないと、らしくない滅多に聞かせない強い声で呼びかけた。

「そうじゃなくて」

兄に強く名前を呼ばれた意味はすぐにわかって、「違う」と丈が首を振る。

「大人になっても、みんなそんなもんなんじゃねえの？」

自分だけが大人として足りていないと言ったつもりはなく、丈が居間にいる大河と秀、明信に問いかけた。

「くーん」

バースはもとよりいつでも真弓の味方だ。子犬の頃から真弓のおじいちゃんだ。

「言われたら、俺だってそうだ」

寝ぐせの直っていない髪を掻いて、大河が肩を竦める。

「僕なんてもう、一人でなんてとても」

「秀さん。でも、僕もだよ」

必要以上に言葉を詰んだ秀を窘めながら、けれど明信も丈の言葉に頷いた。

「就活なんて特に、なんつうの。社会に出る一発目のでかいことだし……てか、そんなことじゃなくても、めちゃくちゃ悩んでんじゃん！　真弓。一人で考えろとか、オレ」

「突然無茶言ったな。真弓にも、自分にもだ」

三男坊にすっかり諭されて、大河が苦笑する。

「だから言ったのに……って、君に言いたいところだけど。あんなに悩まれると」

自分に手が貸せるとは思えず、秀はそこで言葉を切った。

「何を抱え込んでるんだろうね」

「もし真弓が相談してくれたら、遠慮なく手、貸そうよ。な！　相談してくれなくてもだよ」

俯きかけた明信に、丈が健やかな声を聞かせる。

「時々思うが、うちにはおまえが必要だな」

しみじみと、大河は息を吐いた。

面倒くさく考えてしまうのは自分の専売特許と言いたいところだが、ことによっては秀も明信も、何かと悩みを複雑にしがちだ。

「なんだよそれ。初めて言われたなー」

困るぜ！　と笑って丈が立ち上がるのに、俯いていた全員の目線がやっと前を向いた。


「割り算は、何回も何回もやるしかないんだよね。でも何回もやってるうちに、するするするって解けるようになるから」

暗い顔をして朝家を出た真弓は、谷中（やなか）の児童養護施設若葉園（わかばえん）の一階共有スペースで、小学校五年生の拓（たく）にきっちり算数を教えていた。

「何回も何回もやだよー」

ぼやきながら拓は今、三桁（けた）の割り算を渋々解いている。

「いやかもしんないけど、解けるようになってきてるじゃん。するするするって、できるようになるから。絶対！」

「めんどくせー」

共有スペースの大きな机で並んで座っている真弓に、文句を言いながら拓は笑った。

十一月に、大学の軟式野球部のOB、八角優悟の企画イベントで若葉園の子どもたちと真弓は出会った。

熱に浮かされたようになって、八角の反対を押し切ってここに見学にきた。

「まだー？」

大きな声で廊下を挟んだ向かいにある食堂から尋ねてくれたのは、若葉園の管理栄養士で調理師の富田だ。

「もうたべたい」

「あと少しです！　あとすこしでおやつだよ‼」

おやつの時間はまだかと訊いてくれた富田に、拓も、真弓も朗らかに答える。

平日だけれど学校を休む子どもは拓だけではなく、児童指導員の松岡永は今二階で休んだ子の様子を見ていた。

十二月に松岡とのやり取りがあって、真弓はサポートボランティアという形で拓の家庭教師に大学の講義がない水曜日だけ通っている。

こうして拓に勉強を教えるようになって、一か月が過ぎた。

「このまま三桁の割り算、するするじゃなくてもできるようになったらもう五年生のとこだよ」

　小学校三年生程度のところで拓の勉強は止まっていると松岡から説明されていたが、九九が言えたし、何より拓が勉強してくれるので順調に進んでいる。漢字は家庭教師の時間の最初と最後に、四年生で新しく覚える漢字を使って会話を書く遊びをしていた。

「でも俺、四月から六年生じゃん」

「高学年の勉強、四月までに追いつけるところもあるよ。算数は学校いきながらになっちゃうけど。漢字は五年生の分まで、きっと四月には終わる」

「うそだあ」

「本当だよ。真弓先生計算しておきました。先生がきたときに、漢字六文字くらいずつ覚えてるじゃない」

「覚えてないし」

　口を尖(とが)らせて拓が、憎まれ口をきく。

「覚えてないの ー？」

「うそ。覚えてる」

「でしょ？　それで次にくるときまでに拓くん、松岡先生たちと新しく六文字覚えてるじゃん。そうするとね、このままいくと四月までに五年生の漢字は全部勉強できちゃう。クラスの子たちと、漢字は同じところからスタートだよ」

「マジで?」

「マジで」

「へー」

驚いている拓が、嬉しそうだ。

「一生おいつかないと思ってた」

そんな風に、子どもなら思うのは真弓にもわかる。子どもじゃなくても、何か少し遅れたらあきらめたり嫌になったりしてしまうだろう。

「追いつくね」

拓にはまったく見えていなかった一旦のゴールを、今初めて見てくれたと知って真弓は心から嬉しかった。

「四月から学校どうするかは、松岡先生たちと相談してみたら」

無理に学校に通えとは、真弓は言う立場ではない。

けれど、さっき声をかけてくれた富田が、ここにいる子どもたちには一つでも多くの武器を持ってほしいと、言っていた。最初から持たされているものが足りないから、持てる限りのものを持ってほしいと。

同じ思いで、できれば拓に学校にいってほしくて真弓も家庭教師を始めたのだ。

「うーん。俺、学校にいったら……そしたら真弓先生こなくなんのか?」

不意に拓に問われて、今心の中で話を捻じ曲げた自分に、すぐに気づかされる。

肩に毛先がつく拓の髪の下には、首筋に酷い火傷の痕がある。

俯いた姿が、誰かを思わせる。

それは。

「ずっとずっときてくれる？」

それは、真弓が会うことのできなかった、子ども時代の勇太だ。

痛くて、寒くて、お腹が空いて。そういう子ども時代を送った勇太に手が届くなら勇太の親になりたいと、その驕った望みはずっと真弓の中にあった。もうそんなことは考えていないと忘れてさえいたのに、拓に出会った途端、熱を持って手が浮き上がって伸びてしまった。

助けたい。護りたい。幼い勇太を。

「学校にいってほしいよ。勉強、手伝うよ」

ずっと、という言葉に頷いていいのかわからなくて、答えられる正直な言葉を探して告げる。

「ずっと？」

言えなかった言葉を、拓は真弓に求めた。

ずっとだよと言って、もし来れなくなってしまったらその時もっと傷つけてしまう。この先、サポートボランティアも若葉園に通うこと自体、どうなっていくのか真弓には想像がついていない。

悪い想像しかできていないのだ。

「一緒にがんばろ。俺も三桁の割り算すっごい苦手」

顔を覗き込んで真弓が笑うと、口を尖らせて、それでも拓は笑って鉛筆を摑み直した。

拓に受け入れてもらうために、真弓は二人の間だけの秘密を話した。幼い頃にはもう、両親がいなかった。子どもだけで生活していた。拓と、同じだと。

暮らしの中でほとんど意識したこともないのに、拓に話した。秘密を拓は気に入ってくれて、こうして真弓に懐いて勉強もするようになった。

家族と、勇太を、同情と共感を得るための引き換えに差し出した。気を引くために出た言葉だったのに、声にしたら真弓は、どれも嘘ではないことを思い知らされていた。

「そうそう。十の位を立てて」

「わかってるよ。三、下ろして」

「すごい。できてる」

小さな手に鉛筆を握りしめて、拓が割り算を解いている。

きっと、隣にいる自分のためだ。

家族の話を真弓は、若葉園の誰にも、松岡にもできていない。八角にもしていない。

意識したことがなかったのだ。

けれど意識したらしっかりと知ることになった。足りないと真弓に思わせない分、姉や兄たちが子ども時代にたくさんのことを負っていた。

瑕疵。傷のあるものは同じ傷を見た時に一緒に大きく揺れてしまうと、八角は真弓が若葉園に関わることに真っ向から反対した。

揺れないと八角に嘘を吐いたのかどうかも、もう真弓には思い出せない。そのくらい今、揺れている。

「えっと。うーんと」

「もうちょっと」

「自分でやる」

勉強を教え始めてから初めてその言葉を拓から聞いて、どうしようもなく真弓は嬉しかった。

最初は笑顔も見せてくれなかったし、目も合わせなかった。それは真弓に限ったことではなく、もしかしたら拓は人を拒むことで自分を守っていたのかもしれない。

「正解！　拓くんすごい!!」

「おやつ！」

「おやつだ。富田さーん！」

大きな笑顔で、真弓は拓とハイタッチして立ち上がった。

拓はきっと、今真弓を信じてくれている。

拓をきちんと見守っている人々に相談しないまま秘密を持ってしまってから、真弓はどうしたらいいのかわからないままでいた。立っていられないくらい心が揺れることもある。

けれど絶対に拓の前でだけはその揺らぎを見せない。

ずっと俯いているのに、ここでだけ、拓の前でだけ真弓は驚くほど朗らかに笑えている。無理やりにはこんな風には笑えない。

いつか聴いた勇太の言葉が、今なんとか自分を立たせていることに、真弓はまだ気づいていなかった。


「随分順調じゃない?」

水曜日の昼間のシフトで松岡がいれば、必ず帰り際に真弓は外の遊具の片付けを手伝った。

恐らく松岡は、なるべく水曜日に入れるように調整している。伸びた黒髪の隙間から初回に居なかったことを申し訳なく思っていると謝られた時に、松岡はこの件に不安を持っていると真弓は気づいた。

「四月までに六年生に全部追いつくのは現実的じゃないかもしれませんが、三桁の割り算ができるようになってきました」

不安を持たれるなりの自分だと今は思えるけれど、松岡が家庭教師に積極的だったことは真弓も覚えている。

「ほんと？」

「もう少し根気よく反復すればできるようになります。もともと九九が入ってるから、学校に行っても何がわからないのかがわかるようになってく気がするんですよね」

いつもの水色のエプロンをつけた松岡に問われたので、遊具を軒下に寄せながら真弓は拓の様子を説明した。

松岡から「ちょっと手伝って」と言われて庭に留(とど)まるのが習慣になったが、実際遊具はほとんど散らかってはいない。

子どもの耳のないところで、報告をする時間だ。松岡に見張られている感覚も真弓にはあった。

けれどそれは決して嫌なことではない。むしろ見張っていてもらえない方が真弓には不安だ。

「何がわからないのかがわかるようになる、か。真弓先生、勉強教えるの向いてるんだね。それで投げ出しちゃうからさ、学校の勉強って。わからないがわかるとこまでいくの、すごく大変じゃない？」

二人きりになると斜に構えた荒(すさ)みを隠さない松岡だが、感心した言葉は本心のようだった。

学校の勉強に何処(どこ)で躓(つまず)いて何処で軌道に乗るのか話が通りやすいところが、自分に対してはほとんど笑いもしないが、日々子どもたちと接している人なのだと真弓に思い出させる。

「多分、拓くんにも手応えがあって」

「マジか」

短い松岡の声がとても嬉しそうだ。

「それ、言ってました。拓くんも」

「マジか？」

「そうです。このままいけば、漢字は六年生と同じところからスタートできるよって言ったら。マジかって。漢字は一緒にスタートできるんですよ」

「へー」

その口調も、拓と同じだ。

松岡は拓にとって長く一緒にいる大人なだけでなく、きっとたくさん話していて、好きな気持ちもあるのだろう。そうでなければ言葉がうつったりしない。

「すごいな。きてくれて本当に助かったよ」

「いえ。俺がやりたいってお願いしたことですから」

喜んでいる松岡に、真弓は打ち明けたいことがずっと喉に痞（つか）えていた。

「それで……学校、いけるようになったら」

その痞えていることを、どう話したらいいのかわからないままひと月以上が経ってしまい、拓はこうしてすっかり真弓に懐いてくれている。

きっと、心を許してしまっている。

「きてくれなくなるのって、今日訊かれて」

心を許してしまったのは、同じ傷を持つ仲間だと真弓が秘密を渡したからだ。

「ずっときてほしいって言われて……俺、どう答えたらいいですか？」

このまま四月に拓が学校に通えるようになるのを見送れたなら、あの子を傷つけずに終えられるのか。自分の間違いには取り返しがつくのか。

まず最初に持ってはいけない秘密で拓の気を引いたことを話してから、一つ一つを松岡に尋ねなくてはならない。

考え込む真弓の目線の先で、しゃがんでいる松岡も長く考え込んでいた。

「なんだか、あれだね。そんなに懐いているの？　君に」

確認のように、思いのほか事務的に問われて真弓が戸惑う。

児童指導員の仕事中の、松岡だ。

「懐いて、くれてると思います」

皮肉ではなく、真摯(しんし)な問いだからこそ、真弓は怯(ひる)んでしまった。

「じゃなきゃ三桁の割り算できるようにならないよな。俺できるかな。三桁の割り算」

ふと砕けて笑って、また松岡が考え込む。

「ずっとか。それはさ、こっちとしては正直に言うと続けてほしいよ。だけどサポートボランティアなんだから真弓先生次第だし、四月から四年生でしょ？　何が変わるかわかんないから、拓にあんまり大きな期待させてもね」

「そうは、思います。俺も」

「そしたら、そのまま答えたらいいんじゃない？　四月になったら大学四年生になるから、どうなるかはわからないって。変にごまかさないでさ」

現実的なアドバイスが、松岡から与えられる。

なら話せていない「秘密」のことにも松岡はきっと適切な助言をくれるはずだと、真弓は説明する言葉を探した。

松岡は失望して怒るだろう。それは当たり前だ。真弓は松岡からの叱責を恐れる立場ではない。そんな権利はない。

「拓、他の大人にもそんなに簡単に気持ち開かないんだよ。君に懐いてる理由、なんか思い当たるなら教えてほしいな。俺たちも参考にするから」

子どもがいないところでは率直すぎるほどの松岡が、言い方を選んで変に声がやさしくなった。

何かあるとはきっと、松岡も疑っている。話しやすい状況をこうして作ってくれている。

打ち明けるチャンスを、与えられた。

話そう。

「あの」

息を呑んだ真弓を、いつも忙しいはずの松岡が待ってくれている。

「まったくあいつ」

不意に、松岡の声がワントーン上がって愉快そうに笑った。

声につられて真弓が顔を上げると、共有スペースの窓ガラスに拓の両手と顔が張り付いている。

「真弓先生に意地悪したりしないって！」

大きな声で、松岡は拓に言った。

いー！　と顔を大きく顰めて、窓から跳び退るように拓が離れる。

「拓、俺が君につんけんしてると思ってるんだ。まあ、してるから伝わるよな拓に。駄目だな」

松岡につんけんされている自覚は真弓にはあったが、真弓にとって松岡の第一印象はいいものではなかったので意外ではなかったし、正直それどころではなかった。

だいたいのことを松岡は斜めに見ている。馬鹿にしているというよりは、期待しないようにして見える。

また、拓が窓越しに真弓を見ていた。

小さく真弓が手を振ると、「ふん！」と言いたそうな顔を拓は精一杯作ろうとして、結局できずに笑ってしまっている。

かわいい。愛おしい。拓は本当にまだ、幼子だ。

「あ……」

勇太じゃない。

出会えなかった子ども時代の勇太を重ねて拓を見つけた、つもりだった。けれど拓は勇太じゃない。拓は拓という人間だ。拓でしかない。

勇太とは関係ない拓という子どもが、真弓を見ている。

「どうかした？」

ただ拓の方を見ている真弓に、松岡が訊いた。

さっき、真弓は話すべきことを松岡に打ち明ける寸前だった。

打ち明けたらきっと、家庭教師は終わりになる。もしかしたら二度と拓に関われなくなるかもしれない。

もう少し。するすると三桁の割り算ができるように、あと少しだけ。

「いいえ。なにも」

与えられた大きな機会を、真弓は誰でもない拓への愛おしさで自ら逃してしまった。

「……そしたら、今後の相談もしたいから。こういう一対一の形もありはありなんだけど、今は準備段階みたいな形取っててね。登録なんかもしないといけないから、書類持ってって考え

てみてくれる？」

準備段階と言われて、ほとんど試験的に始まったままま固定していたことに真弓も気づく。

「はい」

それでも拓と関わることを止めるという選択は、今の真弓の中には生まれなかった。

拓のためだけではない。

執着は自分の感情だと、わかってはいた。

まだ早い午後に、真弓は竜頭町に戻った。

どうしたらいいのだろうという言葉がこんなにも頭の中を巡ることが、今まであっただろうかと竜頭町の空を見上げる。

何度もあったと、すぐに思い出した。

勇太が家を出て岸和田(きしわだ)にいってしまった夏。勇太が。

思い出しかけた二度目の「どうしたらいいのだろう」には、途中で蓋(ふた)をした。

わざわざ思い出すことはない。二度と起こらないことなのだから。父親を亡くした勇太の混迷も、たった一度の真弓への暴力も。

神社にいっても、三年前の雨の日の出来事を真弓はもう思い出すことはない。

「あら真弓ちゃん大きくなったねえ」

「もう大学三年生だよー」

竜頭町商店街を歩いて、幼い頃から知った人に声をかけられれば笑って挨拶をした。

姉と兄と、それからこの町のたくさんの大人の目が自分を育てたと、若葉園に通うようになって真弓は段々と知っていった。

頭でわかっていたことと、実感することはまるで違う。

一人で育っていない。

帰路をまっすぐ辿(たど)れば、木村(きむら)生花店の前を通りかかった。去年正社員になった入江奎介にまで甘え過ぎだと、この間明信に叱(しか)られたばかりだ。

その明信が、店の中で一人で花の世話をしている。

明信は大学院の博士課程にいて、二十七歳になった。去年、明信の悩みを聞く中で、真弓はふと気づいたことがあった。

子どもの頃家事をほとんどやってくれて、「宿題やりなさい」「予習復習手伝うよ」と大人のようなことを言っていた明信は兄弟の誰よりも落ち着いていたし、大人のように遠く思うことも多かった。

なのに、もしかしたら今、明信が一番時間を止めている。幼く映る日もある。いつか真弓は、明信を追い越して大人になる気がしていた。

子どもの頃は想像もしなかった今に、みんなが辿り着いている。

「どうしたの真弓、そんなところで。寒いのに。入りなよ」

自分は何処に辿り着くのだろう。辿りつけるのだろう。

ぼんやりと思考が散らばって往来にぼうっと立っていた真弓に気づいて、明信が店のガラス戸を開けた。

「でも」

「奎介くんのこと言ったの、気にしてるんでしょ。僕や龍ちゃんしかいないときはいいんだよ」

いつでも明信は、やさしい。ずっとずっと、長い時間、どの時も明信はやさしい。

俯いて真弓は、木村生花店の中に入った。

当然のように明信が、真弓の分の茶をいれてくれている。

兄の手元からあたたかい湯気が上がるのを、真弓はいつまでも見ていたかった。

「ねえ真弓」

穏やかな声が、真弓に呼びかける。

「訊いちゃ、駄目かな」

明信が何を尋ねようとしているのか、真弓にはすぐにわかった。真弓はそのことしか今頭にないので、途端反射で身を引いてしまう。

手にしていたバッグが落ちて、中身が床に零れた。

「ごめん。驚かせちゃって」

慌てて屈んだのは明信の方が早くて、さっき松岡に渡された書類がバッグの中から雪崩れ出たのを見られてしまう。

「これって……」

社会福祉法人、児童養護施設の文字が書類には大きく書かれていて、拾おうとした明信の手が止まった。

「誰にも言わないで」

咄嗟にその書類の上に両手をついて、真弓は懇願した。

「なに、を？」

努めて平静を装おうとしている明信の声が、上ずったのがわかる。

「家庭教師、ここでしてるんだ。サポートボランティアで。でも、まだ登録もしてないから」

続けられなかったら恥ずかしいから。

嘘を繋ごうとして、真弓はもうそれ以上何も言えなかった。

「真弓」

落ち着いた声を、兄が取り戻してくれる。

「僕は、真弓が選んだことなら誰が反対しても応援する。それに、きっとそれはみんな同じだよ」

内緒にする必要はないと、明信は真弓に告げようとしていた。

「……本当に？」

この疚しさには理由が多すぎて、真弓は最早自分が何故疚しいのかすぐには言葉にできない。

勇太にも言えない。

そして大河にも、言えない。

足りないということ。

不意に、明信の声が真弓の耳元に蘇った。いつ聴いたのだろう。夏だった。

——寂しさや悲しさや、足りないということ。そのときは気づかないようにしてたけど、僕たちはみんな、子どもだったんだよ。

「明ちゃん、俺、足りないんじゃないんだ！」

思いがけず大きな声が出ていって、明信を驚かせてしまったことに真弓は震えた。

「ごめん……明ちゃん。ごめん」

「何を謝ってるんだよ。真弓。大丈夫だから」

「足りなくないいんだ……」

親の手が足りない子どもたちの元で、働きたいと真弓は熱に浮かされたように思った。十一月に、その場を目の当たりにして、足元が浮いたようになった。

拓に、勇太を見た。幼かった勇太にできなかったことを今からでもできると信じて、松岡に連絡した。

「なんのこと？」

努めて穏やかに、明信が問う。

足りなくない。

笑いもしなかった拓が慕ってくれる姿は、むしろ自分の子ども時代だと真弓は思い出した。

大河の後をついて回って、大河がいなければ不安になって、ずっと、「ずっと」大河にいてほしかった。

ちゃんとそれぞれの距離に立てるまで、大河は真弓のそばにいてくれた。

けれど真弓は、大河がくれた「ずっと」を拓に渡すことはできない。

――ずっとずっときてくれる？

身勝手に近づいて、自分の感情だけで踏み込み過ぎた。

若葉園の人々は、松岡は、こういうときどうするのだろう。

「明ちゃんは、俺が児童養護施設で働きたいって言ったらどう思う？」

想像もつかない上に松岡に話すチャンスを自分で捨ててきた真弓は、衝動で明信に問いかけてしまった。

一番否と言えないやさしい兄に、問いかける自分の狡さが本当に嫌になる。

姉と兄たちに過ぎるほど世話をされて、かわいがられて真弓は育った。その記憶は何も間違っていない。

けれどみんな、真弓の選んだことを知ったら疑うだろう。真弓が「大人の手が足りない」子ども時代を過ごしたと思っていると思って、傷つくだろう。

真弓は拓に、そう言ったのだ。

「真弓の選択だよ」

努めて兄が、平静を装ったのがわかった。

明信はどんなに痛いときでも平気なふりをする。息を吐くように平気なふりをする癖がある。近頃ではあまり見ないと、真弓はそれを嬉しく思っていた。だから明信が幼さを取り戻して見えたのかもしれないのに。

自分がさせた。痛いのに平気な顔を。

「俺、何も足りなくない。でも明ちゃん、誰にも言わないで」

その上やさしい兄への惨い頼みごとが叫びのように零れて、真弓は蹲りたくなった。

息を止めて雪崩れ出た書類を掻き集めて、バッグにしまい込む。

「約束する。誰にも、言わないよ。だけど、相談があるならいつでも聴くから。今だって聴くから」

穏やかな声を、明信は必死に聴かせてくれた。

本当はしがみついて泣きたい。

何もかもただ自分が悪いのに、何故泣きたいのか少しも言葉にならなかった。

「ありがとう」

それだけやっと、小さく呟く。

逃げるように立ち上がって背を向けて、真弓はもう兄を見ないまま店を出た。


足りないということ。

その言葉を明信から聴いたのは、一昨年の夏祭りの前だった。

そう思い出して真弓は、土曜日の昼間、二階の自分と勇太の部屋で椅子の上に立って天袋を開けていた。

「絶対ここにあるのに……」

一昨年の夏、進路と、勇太の気持ちに迷っていた。白地に藍染の浴衣と、天色というきれいな水色の浴衣を秀の部屋に並べてかけてもらって、何も決められないと悩んでいたら明信が入ってきた。

恥ずかしいけれど父親に甘えるような気持ちで龍に甘えてしまうことがあると、そう言っていた。決して明信らしい言葉ではない。

けれどきっと、負の意味はない。惚気として聴くこともできた。

あの時明信は大切な話をしてくれた。

大切な話をしてくれていたのに、ちゃんと聴いていなかった。わかっていないのにわかっているような気がしていた。

「俺には、わからない話だった」

わからない話だということが、わからなかった。

「学校の、勉強と同じだ……。あった」

何かに押されて奥に入ってしまっていた小箱を、手前に引き寄せる。

小箱から取り出した布には、山下仏具の山下の親方が彫った観音菩薩が包まれている。

高校三年生の時、山下が真弓にくれた。

天袋に仕舞い込んで、一昨年の夏も仕舞いっぱなしにしていることを悔やんだのに、結局こうして取り出して眺めたのはそれ以来だ。

手のひらほどの観音菩薩を見つめると、何故これを山下が自分にくれたのかを思い出す。

十歳で岸和田を離れてそれきり話すこともなかった父親が亡くなったことで、勇太は大きくバランスを崩した。酒を呑んで母親と勇太に暴力を振るった父親が、間違いなく自分の父親なのだと、悼めない心と、父と似たところを見つけてしまう心とに、強く引っ張られて激しく揺れた。

雨の日に、勇太は制御を失って、神社の回廊で真弓に怪我を負わせた。

痛くはなかった。血の代わりに冷たい水が巡っているようで、感覚はすべて消えていた。

「出かけへんの？」

晴れているのにその日の冷たい雨に打たれていた真弓は、戸口からかけられた勇太の声に驚いて椅子から落ちてしまった。

「うわ……っ、すまん！　悪かったたびっくりしたんか!!」

悲鳴も上げずに畳に落ちた真弓に、慌てて勇太が駆け寄る。

「だ……いじょうぶ。ぼんやりしてて」

抱えていた観音菩薩は、落ちた弾みに布の下に隠れてくれた。

そっと、真弓が布ごと菩薩を引き寄せる。勇太なら一目で親方の手のものだとわかるだろう。

勇太に隠さなければならないわけではないが、どうしてその菩薩が自分の手元にきてくれたのか、今真弓はまともに話せる自信がない。

「痛いんちゃうん。指、震えてんで」

小箱に布ごと菩薩を仕舞い込んだ真弓に、心配そうな声を勇太がかけた。

今久しぶりに真弓は、ちゃんとあの日のことを思い出した。

まるで別人だ。神社の回廊にいた勇太と、目の前の勇太は同じ人だと思えない。

けれど、どちらも勇太なのだ。

「痛かったかも」

ようよう、声を絞り出す。

大きな息を吐いて、勇太はそのまま真弓の隣に座り込んだ。

「枯葉、燃やさへんの」

愚痴を聴いてくれると、勇太は言っている。よく見ると出かけようとしているのか、デニムに黒いトレーナーを着ていた。

「燃やせないなあ……湿ってる。枯れ葉」

比喩で告げるのが、真弓には精一杯だ。

「ほんならたこ焼き食べにいこか」

大通りのフードコートの方角を、勇太が親指で指す。

「あれ、たこ焼きじゃないっていつも勇太言ってるじゃん」

小箱を抱いて、やっと、真弓は笑えた。

「勇太のたこ焼きってどんな味?」

手の中に菩薩がいてくれるからか、ふと、初めてそれを勇太に尋ねる。

「えー？」

そんなことを問われると思っていなかったのか、真弓の肩と自分の肩を寄せて、勇太が珍しい子どもっぽい声を上げた。

「ほんまのことゆうたら味はよう覚えてへんなあ。せやけどあそこのスーパーのと違うんはわかるで？　あないカリカリに焼けてへんかったとは思う」

「曖昧（あいまい）」

「ちゃうもんはちゃうんや。……たこ焼きばっかりは、おっちゃんにこうてもろてた。焼き立ては熱うてかっぱらわれへんやん」

思いがけない流れで零れ出した勇太の昔話を、真弓は黙って聞いた。

岸和田時代の話を、こんな風に自然に勇太がすることは珍しい。避けている気がして、真弓も迂闊（うかつ）に水を向けないようにしていた。

気持ちがしっかりしていないからうっかり真弓はたこ焼きの味を尋ねてしまって、それで勇太も子どもっぽい声が出たのだろう。

「たまーに、機嫌のええおとんやら」

おっちゃんとは誰のことだろうと真弓が思った途端、ほとんど勇太の声で聴くことのない「おとん」という言葉が耳に落ちた。

棘もない。角もない。嫌な響きが何もない。

「使い走りしてやけどな。労働の味や」

いつの間にか、もしかしたら時が、少しは勇太の心にある惨い傷を癒している。

時間が勇太を助けてくれているのかもしれない。

「俺はあの町、捨ててきた。けど、故郷なんやな。この町のたこ焼き受け入れられへんもん」

最後はふざけて、勇太は笑った。

「当たり前だよ」

告げられた言葉のすべてに、殊更いつも通りの声を探して真弓が答える。

「それでええんか?」

「当たり前だよ」

もう一度、しっかりと繰り返した。

「そうか」

勇太だ。

穏やかな声と、一緒に時を過ごしたことを知る言葉に、真弓はふと思った。

「たこ焼きじゃないたこ焼き、食べにいこ」

少し無理をして笑う。

「第二のたこ焼きやな」

「なにそれ」

笑いながら真弓は、椅子を立てた。

「俺戻そか？　転ばしてしもたから。怖いやろ」

ごく当たり前に、勇太が真弓が手にしている小箱に手を伸ばす。

「何も怖くないよ」

小箱の中身のせいではなく声が強く張ってしまって、真弓はそのまま椅子に足を掛けた。


大通りのスーパーのイートインで、たこ焼きを二人で二皿食べた。

真弓は一皿食べきれなかった。

昼を食べた後だったのですっかりお腹がいっぱいになったと言って勇太に食べてもらって、当てもなく二人は竜頭町を歩いていた。

「ふらふら散歩するようになったら、おっさん通り越してじいさんやで」

つまらなそうに勇太がぼやくのに、真弓が笑う。

「百花園(ひゃっかえん)でもいく？」

今日はどうしても神社にはいきたくなくて、無意識に真弓はそこを離れようとして速足になった。

「それもじいさんのすることやろー」

「大河兄と秀、そしたら結構前からおじいちゃんじゃん」

「秀は俺と暮らし始めた時から立派なじいさんやったで。京都の町家暮らしやで。引き戸開けたら土間やで」

「それ、勇太のこと喜ばせようと思って借りたって言ってたね。秀」

真弓は映像や写真でしか見たことがない京都の町家に、秀は普通のアパートからわざわざ勇太のために引っ越したと言っていた。

「あんときはわからんかったけど、『じゃん！』みたいなノリやったんやろうなあ、引っ越し先俺に見せた時。絶望して悪かったわ」

「でもしょうがなくない？　小学生の時でしょ？　俺でも絶望したと思うよそれ」

「そないゆうてもろたら助かるわ俺も。あいつ子どもっちゅうもんを全然わかってへんかったな」

思い出して笑った勇太の言葉に、真弓が立ち止まる。

秀と出会った勇太は、今の拓とほとんど同い年だ。

振る舞いは年寄りのようだけれど秀は、きっとその頃何もわかっていない青年だった。子どもを引き取るということ。子どもと暮らすということ。子どもを育てるということ。

「どないしたん」

ついてこない真弓に気づいて、数歩先をいった勇太が振り返る。

「勇太」

たくさんの出来事があったけれど、秀と出会って秀を親として育ったことを、勇太が一つも後悔していないことを真弓はちゃんと知っている。

勇太は秀に育てられた子どもで、秀の手元で心も体も大人になった。

「勇太だ」

拓じゃない。

出会えなかった子ども時代の勇太を重ねて見つけたつもりの拓が、勇太ではないように。

勇太もまた勇太という人間だ。勇太でしかない。

勇太と拓は、まったく別々の人間だ。

「当たり前やろ」

どないしたんと、勇太が肩を竦めて笑う。

そんな当たり前のことにも気づかずに、子どもどころか人というものをわからずに、真弓は拓に手を伸ばしてしまった。

「真弓」

往来に立ったまま、今度は勇太が真弓を呼ぶ。

「おまえ、話さへんのかいな。どうしても。何を抱え込んでんねん」

決して咎めるのではなく、勇太は言った。

誰にも言えない。真弓が自分で、一人で間違えたことだ。いくつもの角を、全部間違えて曲がってしまっていて、どの角の話から始めたらいいのかもわからない。

勇太が受けてきた苦しみは勇太のもので、その苦しみから必死で勇太を連れ出したのは秀だ。そして勇太と真弓は出会って、多くのことを一緒に苦しんで、たくさん笑って、今二人はここに立っているはずなのに。

「話したら勇太、俺のこと嫌いになる」

やり直そうとした。勇太が生きてきた子ども時代を、勝手に育て直そうとして、拓の手を取ってしまった。

「そないなわけないやろー」

「嫌いになるよ。俺、今俺のこと許せないもん」

俯いて真弓は、闇雲に歩いた。

「嫌いになるわけないやろ。今更」

根気よく言葉を重ねてくれて、勇太が少し後ろをついてくる。

闇雲に歩いているようでいて、無意識に真弓は方角を選んでいた。隣町に近づいて、小さな寺が見えてくる。

その寺を囲む木塀の裏木戸の前で、真弓は立ち止まった。

勇太が彫った、蓮の透かし彫りがそこに在る。

初めて若葉園に見学に行った日の朝、真弓はこの蓮に会いにきた。

「勇太はこんなにきれいな蓮、彫ったのに」

自分は何をやっているのだろうと、声が掠れる。

「そないにきれいか？」

困ったように、勇太が頭を掻いた。

「すごく、きれいだよ」

「彫っとる時俺、そないにきれいな気持ちやなかったけどな」

呟いた勇太に驚いて、真弓が振り返る。

視界が狭くなっていて気づかなかったけれど、また勇太の髪が伸びて根元の黒い髪が肩近くまできていることに初めて気づいた。

毎日見ていると、小さな変化は見逃してしまう。ただでさえ、今は。

「……どんな？」

「不思議なんやけど、大仕事任されたのに無心にはなれへんかった」

「どうして？」

「ガキの頃の俺、大人になったらよくてシャブの売り買いしとると思うとった。意味わからんやろけど、それがガキの頃の俺のでかいことや。ええことやったんや」

ゆっくり、必死で、真弓は勇太の言葉を聴いた。

明信の言葉を、知ったように聴いてしまってわからないでいたことが、間違いの一つだと気づいた。だから今は、誰の言葉も一つも聞き逃したくない。

「ガキの頃の俺の夢は、そういうもんやった。それやのに、こんなかたぎの暮らしして仏具職人やっとって。裏木戸一枚やっと親方に任されて。どうや、信じられんへんやろ。ガキの俺も、ガキの俺知っとるやつも、ろくでなしのおとんもて」

努めて淡々と、勇太は話そうとしている。

「そないなこと普段、考えてへんで？　せやけど初めて親方に一人前の仕事任されて舞い上がって、噴き出してきたんはそういう……ゆうたら汚い気持ちやった。時々めちゃくちゃむかつきながら彫った。蓮は、仏さんの花なのに」

聞いている真弓から、必死さがいなくなった。

ただ静かに勇太の言葉を聴く。

自分の恋人でしかない、愛おしい人の言葉を、聴いていた。

「親方に、話した。そないな気持ちで仏さんのもん彫ってええんでしょうかて」

打ち明けられたことを教えられて、真弓はいつの間にか詰めていた息を、外に逃がせた。

「そうかそうかて、笑ろてはった。俺もそうだった。最初の頃に彫ったもんは全部戦争で見た人の顔やったて」

その話を真弓は、山下から聴いたことがある。勇太がいなくなってしまった時、観音菩薩を貰った日だ。

「そのうち全部、おかみさんの顔になったて。いつか俺も、そうなれるんかな。今はまだ全然わからん」

あの日真弓が山下から聴いた話と、同じ話だ。

ちゃんと、勇太の声が聴こえた。必死になっても聴こえていなかった勇太の声が、真弓に聴こえた。

「勇太。なんかあった？」

「なんやそれ！　俺の台詞やろー」

尋ねた真弓に、勇太が笑う。

「声、ちょっと弱い。なんかあった？」

「おまえ自分のことでいっぱいいっぱいやのに、よう気ぃつくなあ。まあ。俺の話はええよ」

「やだよ」

「おまえの話が先やろ、どう考えても。心配せんでええわ。そないに大した話やない。後でええし、いつでもええ。そのうち話すわ。ほんまや」

何かはあったとは認めて、勇太は話を切った。

勇太の声が細ったけれど、今無理やり聴く話ではないとも教えられる。

「俺の話は」

たくさん真弓は間違えた。間違えた日に戻りたい。そんな幼いことを考えてしまうくらい、たくさん間違えた。

全部話したら、本当に勇太は許してくれるだろうか。

「無理は、せんでもええけど。おまえこそずっと、ちゃんとした声出てへんで」

「もう少し」

勇太がやさしい。

「もう少し、自分で考えさせて」

できれば一生、誰にもこの間違いを話したくない。

「そら、就職のことなんやったらそないにせんとあかんのかもしれんけど」

他のことならもっと踏み込むはずの勇太も、今の真弓に「自分で」と言われたら引くしかないのだろう。

狭さと間違いが重なってまた視界が狭くなって、助けを乞うように真弓は蓮の花を見つめた。

普段は閉じている場所から噴き出した気持ちを込めて、勇太が彫った蓮を。

「足りないということ」

一月も後半に入った金曜日の夜、木村生花店の二階の居間でいつものようにパジャマ姿で本を開いていた口から、ふと明信は言葉を零してしまった。

「どうした」

夕飯も風呂も終えて、遅い時間帯のニュースを流していた龍が、若干伸びすぎた髪をタオルで拭いながら尋ねる

「……ううん。何も」

問われて初めて声に出ていたことに気づいて、ほとんど無意識に明信は首を振った。

——明ちゃん、俺、足りないんじゃないんだ！

突然、真弓が叫んだ。どうして足りなくないと叫んだのか、その日から明信は気づくとそのことばかり考え込んでいた。

自分が真弓にその言葉を渡したのだと、記憶の中の夏にはすぐに辿り着いた。

いつもならすぐに反芻できる大切な弟との会話を、悲鳴のように真弓が叫んだので、明信は恐る恐る食み返している。

一昨年の夏だ。真弓が進路に悩み始めて、きれいな浴衣を二枚かけてその前で膝を抱えてい

た。

心配して、様子を見に秀の部屋に入ったつもりだった。

結局、真弓はあの時、勇太のことで悩んでいた。

龍のそばにいるのでなんとか勇気をふり絞ってその日に帰って、余計なことを言ったとはっきりと思い出す。

——時々……勇太くんは真弓に何もかもを求めてるみたいに見えるけど。

女物の浴衣、男物の浴衣、どちらもきれいで選べない。勇太は母親を憎むように女性を拒んだ少年期が影響して、恋愛に女性を選ばないと自ら言う。なのに、夏祭りで自分が男子たちと同じように騒ぐのが嫌なんだろうか。まるでわからない。

そんな悩み事を、真弓から聴かされて明信は答えた。

——誰でもお母さんから生まれるから、どんなお母さんでも……捨てられても。悲しい日はあっただろうし。

もしかしたらそれは終わらないのかもしれないと、真弓に言った。早くに両親を失った自分たちもまた、その足りなさを補い合ってきたと。

「明。おまえ、顔色悪いぞ。具合でも悪いのか」

「そんなこと」

ないよ、と龍にごまかそうとして声が途切れてしまう。笑うこともできない。

「……一昨年の夏のこと、思い出してて。どうしてあんなこと言っちゃったんだろうって」

それで血の気が引くような思いがしているとだけ、なんとか龍に打ち明けた。

「誰に、何言っちまったんだ」

さりげなさを装って、けれど恐らくは心配して龍が尋ねてくれる。

「真弓に」

あの時いろんな大切な話をしたことを、明信はちゃんと覚えていた。今ほどではなく何処か開けっぴろげに真弓が悩んでいて、話を聴いているうちにまったく話すつもりではなかった方向に言葉が流れてしまった。

「僕たちの両親が亡くなったのが早かったから、いろいろ、補い合ってきたよねって言ってしまったんだけど。真弓は四歳で、きっとよく覚えてないのに」

待ってくれている龍に、声にできることを見つけて、話す。

「それでそんな顔してんのか。おまえ」

「そんな顔って……」

今度こそ笑おうとしたけれど、無理だった。

こういうとき明信は、なんでもないふりをするのが得意だった。ずっとそういう嘘をついて、弟たちや、兄さえも騙してきた。痛くないよという嘘が、本当に上手だった。

本を閉じた膝に、隣に腰を下ろした龍の影が映る。

「どうしよう……僕、嘘が下手になってる」

本を畳に置いて、両手で明信は顔を覆った。

「そんなの下手な方がいいに決まってんだろ」

「昔は上手だったんだよ」

「お囃子したいって言ったりか」

その嘘に龍が気づいていることはいつからか明信は知っていたけれど、それでも驚いて手が自然と畳に落ちる。

「覚えてるの？」

「実はな」

少し言いにくそうに、龍は指先でこめかみを掻いた。

「俺ガキの頃のことなんて、ほとんど覚えてねえよ。おまえが膝抱えて泣いてたことは、自分のやってることが馬鹿みてえだって思い始めた頃だったからちゃんと覚えてっけど。もうちょっと前だよな。おまえがお囃子したいって言ったことは、なんか覚えてんだよ」

はっきりと教えられて明信が、一瞬真弓に渡した言葉への後悔を離れて、そのことに気持ちを捕られてしまう。

「嘘だってその場でわかったわけじゃねえよ。ただ、ほら俺はあの猛獣みてえな志麻の方の幼なじみだから。おまえは志麻の四人の弟の中で一番こう……おとなしいっつうか、主張しねえなくらいのことは思ってたんだろ。ガキなりに。だから手上げてお囃子したいって言った時に、驚いたんで覚えてるだけだ」

「いつ、僕があの時頑張って嘘吐いたことに気づいたの？」

「一昨年の夏祭りの前だ。それは、一緒にいて何年か経ったからな。おまえがうちで笛の練習してるの見てても、全然楽しそうじゃあねえし。おまえが暴力が本当に無理なのは俺じゃなくても知ってる。それ繋ぎ合わせたら、ああそうかって」

「龍ちゃん」

　気づかれているのはわかっていたけれど、そんなにちゃんと見ていてくれたことに明信は涙が出そうになった。

「真弓や奎介くんに、僕の代わりに笛やらないかって言ってくれたね」

　この町の激しい喧嘩祭りが明信にとっては幼い頃から辛いことを誰にも知らせないまま、龍は山車から降りるすべを探してくれている。

「おまえ、大事な弟の丈の試合だって一回も観にいってねえし。俺にはほんとのこと言って想像がつかねえけど、そもそも丈がボクサーになったことが今も辛いんだろ？」

　きっと、その一昨年の夏から、龍は時々明信との行為そのものを躊躇うようになった。

「龍ちゃん」

　嫌なんじゃないか、辛いんじゃないか。もしかしたらそれが明信にとって暴力に等しい行為なのではないかと、龍はいつも確かめるように明信に触れる。

「僕、本当に嘘が下手になったよ。龍ちゃんとの間にもし何か、そういう思いがあったら龍ちゃんすぐわかるよね」

きちんと言葉にできないことを龍にすまなく思いながら、明信にはそう伝えるのが精一杯だった。

「試すようなこと言いたかないが、ガキじゃねえし。だけど、おまえとだけは……他の誰とも違う間柄だろ。だから逆にわかんなくなることはあるよ。俺だって」

丁寧に龍に伝えられた言葉の意味はよくわかって、唇を嚙みしめる。

ごめんなさいと、喉元まで出かかったけれど、謝るところではないと明信は首を振った。

「俺の話はいいよ。いつでもできる。真弓、就活してんだろ。店の前通った時に挨拶したぐらいだが、様子おかしいのは誰んでもわかる。真弓のことで悩んでんのか。おまえ」

話を見失わずに、龍が元の明信の言葉に戻る。

「……誰にも、言わないでって言われてるから。真弓に」

だから話せないと、明信は俯くしかなかった。

「それで黙って考え込んでんのか」

「真弓と、約束したから」

誰にも言わないでと言われた約束は、明信には絶対だ。

「あのな。明」

ふと、やさしい吐息が明信の前髪に落ちた。

「喋っちまっていいんだぞ?」

思いがけないことを言われて、驚いて明信が顔を上げる。

「え……」

「そんなにおまえが悩むようなことを、誰にも言わないでほしいってのは真弓の一方的な言い分だろ。つか」

乾いてきた髪を払って、龍は言葉を探すように少しの間沈黙した。

「その約束律儀に守っておまえが一人で抱え込んでて、なんかいいことあんのか。喋っちゃ駄目な話も喋っちまうから解決することもあんだろ。みんなそんなに口固くねえって」

「そんな……」

己の倫理を根本から覆されることを言われて、判断がつかずにただ呆然とする。

「俺は、おまえが祭りが憂鬱だってことに気づいたけど誰にも話してねえよ。おまえが二十年以上黙ってきたことだってのもあるけど、人に喋っても夏祭りが消えるわけじゃねえし。おまえも夏祭りがなくなればいいとは思ってねえだろ?」

「もちろん」

「このこと喋っても多分、おまえも、誰もいい気分しねえだけだ。だから俺は喋らない」

「ありがとう……龍ちゃん」

何をどう思って龍が判断してくれているのかがきちんと語られて、安堵と、言葉には収まらない感謝を超えた思いに明信は胸が詰まった。

「真弓の話はどうだ」

尋ねられて、やっと少し落ちついて真弓のことを思う。

そう言われてちゃんと考えると、自分自身このことにほとんどまともに向き合えていないと、明信は思い知ることになった。

「真弓が……多分勤めようとしている先を、たまたま僕だけが知ってしまって。だけど」

児童養護施設に自分が勤めると言ったらどう思うかと、明信ははっきり真弓に問われている。

それを真弓が明信に打ち明けたのは、カバンから書類が零れ出たのを見られたからだ。

「みんな、反対する気がする」

家族の誰にも、真弓はその話をしない。あの時書類を見なかったら、明信にも言うつもりはなかっただろう。

だからこそきっと、叫んだ。

けれど足りなくないと叫んだのは、自分が足りないと知っているから、補う仕事を求めたということなのではないのか。

「聴いたら駄目か。俺。真弓が勤めようとしてる先」

長い時間、明信は躊躇った。

誰にも言わないでと頼まれたことを、今まで人に話してしまったことが一度もない。

けれど龍に諭された通り、明信が自分の理だけを優先したとして、いい結果が待っているとは限らない。

むしろ真弓の様子を見ていると、楽観的な想像をするのはとても難しかった。

「児童養護施設」

約束を破ることは明信の呼吸を浅くしたけれど、それでも縋る思いで龍に伝える。

龍にとってもそれは驚きだったようで、すぐに言葉は返らなかった。

「俺も反対だ」

間を置いて、静かに龍は言った。

「どうして反対なのか、訊いてもいい？」

問いかける明信の声が、細る。

きっとみんな反対するだろう。

「おんなじ思いしたもんがそれを仕事にするのは、酷だ」

同じ理由で。

「僕たち、子どもだけで長い時間を暮らした」

震えた明信の背を、龍の大きな手が丁寧に摩った。

「ああそうだ。よくやったよ。おまえも、志麻も大河も、丈も。真弓も」

そのまま黙り込んで、二人でただ時を見ていた。

商店街の往来を車が通って、部屋の中を強いライトの光が通っていく。

「僕は逃げてるって、思ってた。家のことから」

本の上に、明信は掌を置いた。そこが、逃げ場だった。

「ガキの頃からメシ作って、弟のゼッケンつけて、指傷だらけにしてか」

呆れたように、龍が笑う。

「でも……それは、龍ちゃんには泣いてるところ見られたけど。だいたいは本の中に、逃げてた。あの頃は必死で、現実はやっぱり辛かったのかもしれない。志麻姉と大河兄がよく喧嘩してて、僕は丈のことを泣かせたりして」

「おまえが丈を？　ああ、プロ野球選手の引退の理由を懇切丁寧に説明してやったことか」

「そういうことも、あったけど。あれ？　その話、僕したことあったっけ？」

ほら、と龍は肩を竦めた。

誰かが自分のいないところで自分の話をしたりすることも普通にあると知らされて、いつもなら嫌なはずなのに、今日は安堵する。

「この話、龍ちゃんにしたことある。だってゼッケンつけてくれたの、龍ちゃんだったたから。丈は、いつも人の目なんて気にしてなかった。大らかでやさしい子で。なのに僕が、親がいないからって言われるのが、嫌だった」

　時に理を踏み外してしまうのはみんなだと思えると、自分もまた許される思いがした。

「それで指を傷だらけにして丈の体操着にゼッケンつけようとして、丈と二人で泣いた。丈はきっと、僕の気持ちに気づいたんだ」

　振り返ると、言語化できなかった幼い二人の思いは辛く通じ合っていたと、今の明信にはわかる気がした。

　ごめん。ごめんと丈は繰り返した。謝らせているのは自分のガチガチに固まっている世間体だと気づいた。思い出すと今も明信は、丈に泣いて謝りたくなる。

　あの日の、小学生の時と同じ気持ちが胸に込み上げた。

「真弓はその頃まだ、本当に小さかった。でも、足りなかったことをちゃんと、覚えてるんだね」

　ふとそのことを知ると、どうにもならない寂しさや心細さ、悲しさが胸を覆う。

　ひたすらに必死だった兄、大河はどう思うだろう。

　兄たちの気持ちがわかるからこそ真弓はきっと明信に、「足りなくない」と、嘘を吐いたのだ。

「真弓が自分で選択したなら、僕は……反対はできない」

　それでも明信には簡単には譲れない芯（しん）があって、自分に言い聞かせるように、そう声にした。

ゆっくり龍に尋ねられて、最近の真弓がずっと俯いていて笑っていないと、明信にはすぐに思い出せる。

「ちゃんとメシ食ってちゃんと笑ってんなら、俺も少しはな。応援もできる」

秀はひと月以上、真弓のおかわりの一言を待っていると言っていた。

「まだやっと二十歳を過ぎたばっかりだよ」

龍にではなく、本心が声になって外に出てしまう。

それこそ悲鳴のような声に、龍は驚かずに明信の頬に掌をあてた。

「真弓が笑ったりちゃんとメシ食ったりしてできる時なんだったら、なんの仕事だっていいだろう。それこそ真弓の自由だ」

今ではないと、龍の言葉を聴きながら明信が無意識に首を振る。

「……真弓が料理を習い始めた時に、丈が少しお母さんの話したって真弓が言ってた。ぼんやり覚えてるけどあんまり考えたくないって言ってたの、去年の秋だよ。もしかしたら」

その頃から真弓は、ちゃんと気づき始めたのかもしれない。

足りないということに。

だとしたらまだ数か月しか経っていない。

「俺、奎介のじいちゃん、入江さんに、少年院でガキどもにおまえの話してやってくれないかって、何度か頼まれて断ってるんだ。店始めて、何年か経った頃だな。おんなじ道通って更生したやつの話が、目印や希望みたいなもんになるからって」

　ふと、龍は自分の話を始めた。

　龍が切り盛りしている木村生花店の正社員に去年なった入江奎介の祖父は、元は龍の保護司だった人だ。奎介は少年の頃木村生花店に祖父に連れられてきていて、どうしてもと言ってバイトから始めた。

「今度入江さんに会いにいって、もしまだその話もらえるなら、今ならできると思いますって言ってくるよ」

　きっと訳を話してくれるだろう龍を、黙って明信が待つ。

「店を始めた頃はまだ気持ちが荒んでた。俺にとって荒れてた頃のことは近すぎた。かさぶた剝いたら膿んじまうのは、わかってたから断った。怖かったんだ。何年もだ。怖いって俺は言えなかったけど、入江さんも察してくれたと思う。二度断ったら、それ以上は言わなくなった」

　その頃の龍は、明信にとって花屋の前を通って会えば挨拶をする姉の同級生だった。高校の制服を着ていた時にはもう、駅の行き帰りに挨拶をする龍は当たり前に花屋の店主だった。

　けれど過去に起こした出来事が負債になって、最初は商店街からも受け入れられなかったと、つきあうようになってから明信は、仕方なさそうに苦笑する龍から聴いた。

今も商工会や青年団で必要以上に龍が働くのは、その負債を返す行いなのだ。

「もう、かさぶた剝いても膿まねえと思う。おまえとこうやって、一緒にいるようになって。おまえがそばにいてくれて、おまえが」

負債を負い、償い続ける龍を辛く思った明信の目を、龍が穏やかに覗き込む。

「おまえが、俺が俺を許すことを望み続けた。それで俺は、段々と自分を、許したんだと思うよ。奎介を、人を一人預かって。お袋ともまた、やり直せてる」

「許し……たの?」

「ああ。段々とだ。まだ、途中かもしんねえけど」

許したと言えた、頰に触れてくれている龍の手に、明信が強く指を重ねた。

「おまえが望んでくれなかったら、今も俺は今日のことで精一杯だった。ありがとな」

注がれた言葉に、何も声が出ず唇を嚙みしめる。

「十年以上、かかってる。自分がいた場所に行って自分の話ができるって思えるまで、俺はそれだけ時間がかかった。それはもちろん、俺のことは自業自得だが」

真弓のために、龍が何故入江の願いを受けられるようになったかを話してくれていると、明信もわかっていた。

「もし俺の話が必要になったら、真弓を寄越してくれ」

落ちついた声で龍が申し出てくれるのを、真弓への思い、龍への思いを胸に抱え込みながら聴く。

「ありがとう」

自分を許したと聴かせてくれた龍に、告げられる言葉は今は他に見つからなかった。

多分、明信も知ってはいた。龍が段々と、自分自身を許していくのを。

言葉で聴けたことは、感じていたよりずっと大きな幸いだった。

「僕はずっと、自分は強情で変わらないような気がしてた」

そうして、自分もまたいつの間にか変わっていっていることを知る。

「まあ、それはそう思うかもな」

きっと敢(あ)えて砕けて龍は笑った。

「だけど、嘘が下手になって。一緒にいるうちに龍ちゃんは、僕がお囃子でも山車に乗るのが辛いって気づいてくれて」

一昨年の夏だったと、龍は言った。

「その頃真弓に言った言葉が今、真弓から返ってきた」

毎日を過ごしているとわからないけれど、大きく道を違(たが)える分岐をそうしてそれぞれが通り過ぎている。

気づかないうちに。

「言葉？」

「うん。時間が流れて、足りなさに気づいて、埋めようとしてるのかもしれない。……ううん」

暗い方角に簡単に落ちてしまいそうになる気持ちは、掬い方をたった今覚えた。

「一人で勝手に色々想像するのはやめる。僕は、もう揺れないでいる。真弓が揺れてるから、支えなくちゃ」

よく考えて、言葉を選んで大河にも相談しようと決める。

「そのうち、支えたくても支えられない時が、くるかもしれないし」

声にしたら、それは驚くほどの寂しさを明信の胸に呼んだ。

冷たい水に浸った胸に龍が気づいてくれて、明信の髪に触れ、肩を抱き寄せる。

こんな風に、兄弟で身を寄せ合うようにして生きてきた。いつかそれぞれになると明信は誰よりも自覚していたつもりだったけれど、ちゃんとはわかっていなかった。

当たり前にそばにあったぬくもりと別れて、一人一人の方角に離れていく時の、その痛みを。

「ありがとう。龍ちゃん」

こうして出会えたぬくもりに慰められる、その幸いを。

まだ冬の気配を強く残したまま、二月になった。

「おーい。帯刀（おびなた）」

放課後、いつもの黒いジャージ姿で大学の軟式野球部の練習場に向かっていたら、真弓（まゆみ）はよく知った声に後ろから呼び止められた。

「どうしたの。葛山（かつらやま）」

同期の野球部員、葛山裕明（ひろあき）に真弓がどうしたと尋ねたのは、部のジャージではなくスーツだったからだ。

「まあ見ての通りよ」

「それはそうだよね」

大学三年生の終わりが見えてきたので、まだ決まっていない就職活動中の学生はいよいよ本気を出す時だ。

「八角（やすみ）さんとさっきすれ違った。えーと」

名前を聞いて肩を揺らした真弓に、葛山が何か気遣ってくれているのが伝わる。

「おまえ大丈夫？」

不意に、率直に葛山に尋ねられた。

不思議に、尋ねられたことに真弓は驚かなかった。あらゆる人が自分に聞きたいだろう。「大丈夫?」と。平気な振りは、どんな場でもとうに装えていない。

拓の前以外で、真弓はほとんど笑えていなかった。

葛山とは一年生の時に野球部で一緒になって、いくつか同じ講義が重なっている。親しいと改めて考えたことはなかったけれど、丸三年ともに過ごした同期なのだと、それは不意に自覚することになった。

「進路で悩んじゃって」

同期たちはほぼ全員が同じ岐路に立っているので、探り合うことはむしろしていなかった。かなりピリピリしている者もいるし、誰がどう見ても真弓もそちら側だ。

「俺もまだなんだけどさ。あんまり思い詰めないようにしてる。ここで人生全部決まるわけじゃないぞって、父親に言われてさ。そうだなって」

父親に言われて肩の力が少し抜けたのだろう言葉を、葛山は分けてくれた。

親に与えられるような言葉に、真弓は餓えていない。そうした言葉はすべて、兄たちが与えてくれた。

「そうだね」

姉と、兄たちの子どもの時間の多くが、真弓に与えられている。

「なんか、八角さんも心配してたぞ」

「え？」

行こうとした葛山にふと言葉を残されて、真弓の足が止まった。

「帯刀元気かーって、訊かれたから。今元気な三年生いないっすよって答えといた」

「はは。それはそうだ」

じゃあな、と手を振ってスーツ姿の葛山が駆けてゆく。

冬になる頃慌てて大河が揃えてくれた真弓のグレーのスーツは、部屋のラックにかけたまま触らず年を越してしまった。

遠ざかる足音を聞きながら、いつの間にか、葛山とも時を過ごしたのだと気づかされる。

もしかしたら八角の問いに、「帯刀は様子がおかしい」と答える者も多いだろう。

OBとなった八角と真弓の間に、浅くはない縁が続いていること。そういう中で八角がわざわざ真弓の様子を同期に尋ねてきたことに、立ち入ったことを言わないでくれた。

「同期だ」

思いがけない葛山の配慮へのありがたさに、真弓は呟いた。

家族と、幼なじみと、町の大人たちと。

そういう小さな、けれどとても力強い輪に守られて、真弓は十八歳になった。大学生活が始まって、ほとんど事故のように軟式野球部のマネージャーを始めた。

入ったことのない人の輪の中に飛び込んで初めて、真弓は今まで自分がどれだけ人に守られ、どれだけ他者を拒んで生きてきたのかを思い知ることになった。

楽で、安全だから高校時代は女の子たちと過ごした。幼児期の出来事が、見ないようにしていても心の奥底にいつも石のようにあった。それでも自分は男が怖いのだと、気づいていなかった。

一人ではとても、新しい輪の中に居続けることは無理だった。最悪の場合酷いことになって、真弓は新しい人間関係を遮断したかもしれない。

「新しいイベント決まったんですか！」

練習場に近づくと、開け放してある部室のドアから、後輩マネージャー東宮兼継（とうみやかねつぐ）の弾（はず）んだ声が聴こえた。

「オフシーズンのうちにもう一回やれることになった。よかったら手伝いにきてくれ」

イベント会社に勤めている、三級上の八角優悟（ゆうご）の穏やかな声が東宮に答えている。

ドアの外から、真弓は八角の声を聴いていた。姿は見えない。

男が怖いと、真弓が初めて言えた人は八角だった。真弓の背中の傷を見てしまった八角は、なかったことにせず、まっすぐ向き合ってくれた。

どうしたいのか尋ねて、選択肢を提案してくれた。

何より、八角が話を聞こうとしてくれていなかったら、真弓は今も心の奥底に埋めていた怖さをまともに見ることもできなかっただろう。

助けてくれた人に反発心が生まれるなんて、自分の幼稚さに死にたくなる。

――あいつみたいに、こっちから見ても正しいって信じられるやつそんなにいないからさ。

だから俺は、こういう時八角を指針にする。

初めて若葉園に行った日に、松岡が言った言葉が、真弓にはよくわかった。

その八角の健やかな正しさに、自分も、もしかしたら松岡も、嫉妬している。

今日もきっと八角は、真弓の様子を見にきてくれた。

相談しても、八角は失望して見せたりしない。真弓を否定することもない。

拓は三桁の割り算を、するするとはいかないまでも一人でできるようになった。五年生の漢字を使って、拓と真弓はノートに文章を書いて交換している。

八角は真弓を、肯定さえしてくれるだろう。

今の自分を肯定されたら、真弓は理不尽なことを八角に叫んでしまうかもしれない。

その想像に耐えられず、息を詰めて真弓は部室を離れた。

二月の半ばになると、春の気配が漂ってくる。

春が近づいたなら、四月から拓が学校に通えるようになるかもしれないという大きな期待が、真弓に限らず皆にあった。

「十七画までできたね。五年生の漢字。『謝』だよ。先に書く？」

水曜日のもうすぐ昼という家庭教師の終わる頃になって、算数のノートを閉じて、真弓は白無地のノートを共有スペースのデスクに広げた。

「一個しかないじゃん。この漢字で書けるやつ」

鉛筆を握って拓が、白いノートに右手を置く。

文字を書こうとして首を落とすと、髪が下りて火傷の痕がはっきりと見えた。

すっかり治っているのは、真弓が見てもわかる。むしろ引き攣れているので、火傷をしてから何年か経って、育った体に痕が引っ張られているように見えた。まだ子どもだから成長が早くて、そんな風に真弓に感じられているだけかもしれないけれど。

大学一年生の時に八角に傷の話をした後、真弓は洗面所の鏡で初めてちゃんと自分の背中を見た。切りつけられてから、十年が過ぎていた。「酷い傷だ」と八角は痛ましそうに言ってくれたが、久しぶりに見た自分の傷は記憶より大分小さくなっていた。

傷が小さくなったのではなく、体が育ったのだと、拓を見つめながら今真弓は気づいた。

「はい」

謝、という五年生で習う漢字を使って、白いノートに小さく拓は「謝る」と書いて見せた。

「よくできました。せっかく白いノートなんだから、もっと大きく書いていいんだよ？　画数多くなってくるとこんなに小さく書くの大変じゃない？」

いつも、拓はノートに小さく文字を書く。

少し小さすぎて、真弓はそれが気にかかっていた。

「もったいないから」

困ったように拓が口の端を上げる。

「そっか。謝、は一個だけじゃないよ。もう一つ、俺書くね」

鉛筆を受け取って、ゆっくり丁寧に、拓に見えるように真弓は文字を綴った。

拓の字が極端に小さいので、大きくなりすぎないように、けれど「このくらい書いていいんだよ」という気持ちを込めてなるべく伸び伸びと書いた。

「読んでみて？」

白いノートを、拓の方に向ける。

「『拓くんに、感謝してる』？」

「そう。感謝してる。って書いた」

「なんで？」

例文のつもりだったのが理由を訊かれて、真弓は言葉に詰まった。

けれど感謝しているのは、本当だ。

拓と出会ったのは、偶然でしかない。真弓が日にちを間違えて、八角の会社見学のつもりで野球イベントにいった。

若葉園と同じような施設で育ったプロ野球選手の、交流会イベントだった。そこに拓がいた。何処かで絶対に会ったことがある気がして、強烈に真弓には印象に残った。

勇太だと、思った。

「間違いに気づいた。俺、拓くんのおかげで」

けれど拓は勇太ではなく、勇太も拓ではない。

誰も誰かの代わりにはならない。

二か月拓の家庭教師をやって、どんなに幼くても拓が一人の人であることを、真弓は知るほかなかった。

「真弓先生、まちがえたりすんの？　勉強すごいできるのに」

「するよ。いっぱい間違える」

まだ子どもの拓にこの間違いを告白することは、真弓も考えない。それこそがきっと、大きな間違いだ。

けれど最初に掛け違えてしまった自分がどうやって拓を傷つけずにいられるのか、そのことを真弓は考え続けている。

一人の人として、小さな子どもとして、拓がとても大事だ。愛おしい。

「あ」

四月から小学校六年生になる拓を見つめて、一つの当たり前に真弓は気づいた。

「なに？」

きっと、志麻も、大河も、明信も、丈も、こんな気持ちで幼い自分を見ていてくれたと、疑う余地は何処にもない。

大事だ。愛おしい。

守りたい、と。

「また感謝した。拓くんも、文章にしてみようよ」

そして、傷つけたくない。

「文章、難しい」

「どこらへんが難しい？」

「長いの思いつかない」

小学生ならたくさんの子どもが言うだろうことを、拓は口を尖らせて言った。

なんなら勇太や達也や、丈だって同じことをいう気がして真弓は小さく笑った。

「なんだよー」

「ううん。そうだなあって、思ったんだよ。思ったこと、繋げようよ」

「どうやって」

「うーんと。真弓先生は、拓くんに教えられてることがたくさんあるから、感謝してます。どう？」

「えー。うそつくなよー」

「本当だよ。教えられてる。拓くんもやってみて」

照れて両手を頭にやった拓の顔を覗き込んで、ゆっくりと待つ。

「俺は……真弓先生に勉強教えてもらって、感謝、してます」

「嬉しいな。本当に？」

「だって漢字もいっぱい覚えたし。三桁の割り算も」

二か月勉強してきたことを、ちゃんと拓は身につけてくれていた。

「じゃあそれも繋げようよ。拓くんは、真弓先生に勉強を教わって、だから」

「漢字をいっぱい覚えて三桁の割り算もできるようになったので、感謝してます」

「長い！」

「すごい！　長いのできた‼」

嬉しくなって、二人で大きくハイタッチをする。

「作文じゃなくてもさ。こうやって繋げて、松岡先生とか、富田さんとかにも話してみて」

「うん」

感情に理由を繋げられたことに、拓は高揚していた。

けれどふと、その高揚が惑いに代わる。

「……お母さんにも、長いの、話せるかな」

ぼんやりと拓が、窓の外を見る。

拓だけでなく、若葉園の子どもたちの一人一人の事情を、真弓は一切知らされていなかった。まだ会う段階ではない親が探しにくる可能性も否めないので、知らないでいた方がいいと松岡に言われた。理由をきちんと聞いたら、知るのが怖くなった。

だからこの場面で真弓は、拓になんと言ってやるのが適切なのかがわからない。

手紙を書いてみたらと言っていいのかと考え込んで、実際は母親がいない可能性もあるし、住所がわからない可能性もあると、また考え込む。

「長く、何を話したいの？」

存在や居場所に関わらない質問を探して、それでも不安を持ちながらそっと真弓は問いかけた。

「お母さん。俺が」

無意識のように、拓の手が首筋に上がる。

「悪かったなら、謝るから、許してください」

火傷の上を、拓の手が覆い隠した。

母親なのか、それとも別の誰かなのか。その火傷を負わせた人を真弓は知らないけれど、きっとその火傷を負った時を思い出した拓の記憶の中に、母親がいる。

「謝らないで」

思考を、真弓の声が追い越していった。

「え？」

「謝らないで、拓くん」

「なんで」

いつも朗らかな三番目の兄の、頼りない横顔を思い出す。

——なんにも……明ちゃんや丈兄のせいじゃないって、誰かが言えたらよかったのに。

「拓くんはなんにも悪くないからだよ」

——そうだな。ちゃんと、ガキの頃に教えて欲しかったな。

兄はそう言って、小さく笑っていた。

「俺が悪い子だから、これ」

火傷のことを、拓は言っている。

「絶対違う。それは、拓くんのせいじゃない。絶対に、拓くんが悪い子だからなんじゃない」

「ほんとう？」

心細い声が、真弓に訊いた。

「本当だよ」

大きな間違いをたくさん犯して、真弓は拓の隣に座っている。

そのたくさんの間違いがこの一言を伝えるためにあったと、一瞬、思い違えた。

「真弓先生」

不意に、六年生の真佐樹(まさき)の声が真弓を呼ぶ。

「真佐樹くん。おかえりなさい。早かったね」

共有スペースに入ってきた真佐樹は、随分早く学校から帰ってきてしまったようだった。

「オレも勉強わかんないから帰ってきちゃった」

「帰ってきちゃった、の?」

腹痛の子に付き添って二階にいる児童指導員の山本(やまもと)を呼ばなくてはと、椅子から腰を浮かせる。

今日は松岡は非番だ。

「だって、拓もわかんないから学校行かないんだろ?」

揶揄(からか)うようにでもなく、少し拗(す)ねた様子で真佐樹は言った。

「わかるようになったよ。五年生の漢字と、三桁の割り算と」

口惜しいのか拓が、わかるようになったことを真佐樹に言い返す。

「じゃあオレにも勉強教えてよ。真弓先生」

真佐樹に乞われて、やはり山本を呼ばなくてはと真弓は天井を見た。

きちんと登録して、四月から何人かをまとめて見てほしいと松岡には言われている。けれど今勝手に見始めていいのかどうか、真弓には判断できない。

「ダメだよ。真弓先生俺の先生だもん」

不意に、拓が真弓の腕を強く摑んだ。

体は小さいのに、腕に食い込む両手の力が痛いほどだ。

「拓くん。山本先生、呼んできてくれる?」

にわかに拓の気が立ったのがわかって、なんとかこの場から拓を引き離さなくてはと真弓は屈んだ。

「おまえだけの先生じゃないよ。若葉園の先生だろ?」

拓より一級上の真佐樹はその態度が余程癇に障ったようで、やはり気が立った声を聞かせる。

「オレも勉強教えてもらう。わかんないし」

そう言って真佐樹が真弓の反対側の腕を摑もうとした刹那、拓が真弓の腕から離れて強すぎる弾みをつけて動いたのがわかった。

咄嗟に、真弓は拓と真佐樹の間に強引に踏み入った。拓が真佐樹に伸ばした手の先に、なんとか背中をすべり込ませる。

真佐樹をつき飛ばそうとした拓の両手が真弓の背中に思い切り当たって、バランスを崩して真弓は床に体を打ち付けた。

「……っ……」

　悪いことに倒れた場所に椅子の足があって、鉄の棒にしたたかに右腕を打つ。

「真弓、先生」

「こ、ろんじゃった」

　胸にも衝撃があって息が止まったようになったが、拓の声を聞いて真弓は声を絞り出した。絶対に意識を失う訳にはいかないと、目を見開いて大きく息を吐き出す。

　ここにいる時にいつも、真弓は無意識に勇太の声を聴いていた。気づかないくらい小さな声だったけれど、今その声がはっきりと聴こえる。

　――おまえとおって、俺めっちゃ元気になったで。めちゃくちゃ明るなるやん。おまえおると。

　勇太が教えてくれた。だから真弓はここにいる時だけ、なんとか自分を信じて笑うことができた。

「大丈夫大丈夫」

　もう一度大きく息を吐いて、真弓は全力で拓と真佐樹に笑いかけた。

「どうしたの？」

　大きな音を聞いて、向かいの食堂にいた富田が共有スペースに駆けてくる。

程なく、二階から山本が駆け下りてきた。

「どうしたどうした」

二人の声が、なんとか体を起こしている真弓の姿を見ても落ちついている。富田と山本を見ると、いつもと変わらない表情をしていた。

「派手に転んじゃったんです。俺が、自分で」

慌てない。騒がない。

きっとそれが今必要なことなのだと必死で、真弓は拓と真佐樹に落ちついた声を聞かせた。

——拓は今、あんな感じ。

最初に教えられた、松岡の言葉が真弓の耳に返る。

——学校にも行かないし、たまに他の子に対して大きな声を上げたりするようになった。その先にもしいっちゃったら……本当に問題行動で。

もし、他の子への暴力があったら、一時保護所に戻るか児童心理施設にいくことになると、ちゃんと真弓は聞かされていたのに。

あっちにやったりこっちにやったりしたくないと、松岡は言った。

——人を信じるのがどんどん難しくなる。そういうもんじゃない？

あの時真弓は松岡に、「俺には、よくわかりません」と、答えた。

幼い頃にもし、兄弟がバラバラになることがあったなら。なり得る可能性は大きかった。怖くて、そのもしもをとても考えられなくて、わからないと答えたのだ。

「びっくりさせて、ごめんね。拓くん。真佐樹くん」

今また真弓は、嘘を吐いた。

真佐樹はその嘘を呑んでくれるのか、それとも驚いたのか。黙って二階に駆け上がっていってしまった。

「……俺」

真弓を突き飛ばしてしまった両手を、拓が握りしめる。

「俺が勝手に動いたんじゃない。拓くん、なんにも悪くないよ」

さっき、拓に本当の「悪くない」を渡せたと、真弓は思った。けれどこの「悪くない」は、嘘なのかもしれない。

嘘は本当を、上から黒く塗りつぶしてしまう。

「俺」

それだけ言うのが精一杯で、拓も自分の部屋に走っていってしまった。

「真弓先生、怪我は」

二階を気にしながら、山本が訊いてくれる。

「少しも。全然大丈夫です」

拓がいなくなってしまったら、笑おうとした頬が強張った。

「拓くんと真佐樹くんの様子、見に行ってください」

「ありがとう。ごめんね」

この場を去ることを謝って、山本が二階に戻っていく。

全然大丈夫なのは、まるきり嘘ではなかった。耳が熱くて動悸(どうき)が激しく、内側から鐘を打つように心音が聞こえたけれど、感覚はまるでない。

「真弓先生。あったかいもの何か、おなかに入れてって。あの子たちのお昼、時間かかりそう」

笑って富田が、食堂に真弓を招いてくれた。

「胃が動いてたら、約束のカレー食べさせるんだけどな」

湯気の立つほうじ茶を、食堂のテーブルに富田が置いてくれた。

「いただきます」

頭を下げて、真弓はほうじ茶を口に運んだ。あたたかいような気がしたけれど、よくはわからない。

「今日カレー、ずっといいにおいしてました」

カレーを食べ損なったと知ったけれど、富田に言われた通り今食べられるとは思えなかった。

「してた？　本当に？　最近ごはんちゃんと食べられてる？」

問いかけられても、真弓は何も答えられない。

十二月から二か月、一日二度、秀が必ず食事を作ってくれるからそれを食べるのが精一杯だ。

「一人で帰したくないなあ。送れなくてごめんね。誰かいるところに帰るまでは、何も食べない方がいいと思う。食べないで？」

「どうして、ですか？」

向かいに座った富田に告げられたことの意味がわからなくて、少し痺れている唇で尋ねる。

「多分だけど、真弓先生今胃が動いてないと思うんだ。動いてないときに無理やり入れると、胃がびっくりして吐いちゃうから」

動いていないと言われれば何処も動いている感覚はなく、湯呑を持っている腕さえも誰か他の人のもののようだ。

「俺……吐いたことないかも」

けれど吐くという実感は持てずに、真弓は呟いた。

野球部の飲み会で部員が盛大に吐くところは何度か目撃していて、真弓にとってそれは酔っぱらいのする厄介なことでしかない。

「そうかー。たまにいる。そういう子。吐き慣れてないと吐いたときすごくしんどいから、吐かないようにちょっと注意深く口に入れようね。ぬるま湯から始めてみて。お湯で薄めたお味噌汁とか飲んで、ゆっくり様子見てね。最初のごはんはお粥にしてほしいな」

「そうなんですか。俺、なんにも知らない。こんなに食欲長く落ちてるのも、初めてで」

吐き慣れる、という言葉は驚きで、そんなことがあるのかと真弓は呆然と自分の冷たい指を見た。

「ちょっと痩せたね」

「……はい」

「なんにもしらないで適当なこと言いやがってって、怒りたかったら怒っちゃってね。違うよって思ったら、違うって言って。真弓先生、誰かにすごく大事にされてきたんじゃないかな」

不意に、勢いよく朗らかに言って、富田が真弓の目を覗き込む。

「……え?」

それは間違いのないことだけれど、どうしてそんなことを急に言われたのか真弓にはわからなかった。

「吐かない子っていうのは、胃腸が丈夫だったり体が丈夫だったり。そういう理由もあるけど、心が固まるとだいたい胃腸も固まるもんなんだよ」

「そうなんですか?」

尋ね返してしまったけれど、富田の説明はとてもわかりやすい。

「食べたもので、体ってできてるじゃない。食べるってことはさ、生きよう、生きようって強さでもあるから。まあ、これは私の勝手な希望かな。ごはん作る人だから。だから、真弓先生は生きようの逆を思ったこと、一度もないのかなって」

言いすぎかと、富田は笑ってエプロンの肩ひもを引いた。

「それは……そうです」

二階で少し、物音がした。

富田も真弓も、天井を見てしまう。乱暴な音や乱暴な声は今のところ聴こえない。

大きく、真弓は息を吐いた。

「……ここにきた子たちね、こまめに体重量るの。年齢なりの平均的な身長体重はもちろんあるけど、個体差もあるから。それで、おなかいっぱいごはん食べてもらって」

ふと、富田の声から一瞬、勢いが失われる。

「平均値よりも急速に体重が増えたらそれは、今までごはんが足りてなかったっていうことなんだ」

ゆっくり教えられて、意味を、真弓は時間をかけて呑み込んだ。

この子ちゃんと食べさせてるの？　こんなにガリガリで、かわいそうに。

子どもの頃から何度も聴いた叔母の言葉だ。真弓は叔母が家にくるのがとても嫌だった。

「この仕事始めて、最初は私泣いてた。こんなに足りなかったんだって知るとね。どうしても、辛（つら）くて」

富田のように、叔母は案じてくれていただけだ。子どもの健康を。

子どもの命を。

幼い頃にいなくなってしまった母親は、生きていたら富田くらいの年齢だろうか。

たくさんの大人を見て育ったのに、真弓が誰かに親を重ねて考えたのは初めてだった。仏壇に飾ってある写真でさえ、自分に近しい人だと思えていなかったかもしれない。

「でもね、今は全然泣かない。体重が増えてくってことは、生きよう生きようってしてくれてることだから。ここでごはん食べて生きようとしてくれてる。嬉しくて、張り切ってメニュー考えちゃう」

下唇を無意識に嚙んで、癖になっていることに真弓は気づいた。乾いて、少し切れかけている。

「私も最初は、そうやって俯いたり泣いたりしてたよ」

静かな声が、真弓に与えられた。

「あのね。サポートボランティアの人、突然こなくなっちゃうこともあるの。子どもたちは本当にかわいいけど、それでも想像よりずっときつかったりすることもあるから。ボランティアがきついんじゃないの。ね」

何がきついのかはそれ以上言わなくてもきっとわかると、富田が言葉を切る。

「そういうのもありだからね。ボランティアだし、大学生なんだから。それに、仕事じゃないんだから。もしこなくなっちゃっても、その後のフォローは仕事の私たちがしっかりやるから」

心配しないで。

注がれた声に、これ以上俯きたくなくて真弓は顔を上げた。

言葉は何も見つからない。

「大丈夫。山本先生、松岡先生。みんな。私もいるんだから」

はい、と答えようとしたら乾いていた唇が切れたけれど、痛みを感じられないまま真弓は富田に深く頭を下げた。

二階の和室の天井を、畳に横たわって真弓は見上げていた。

家庭教師から帰ってきて、着替えていない。

夕飯はいいいと、秀に断りを入れた。富田に言われていなかったら、無理に食べて吐いてしまったかもしれない。

体の何もかもが動いていないことだけは、なんとか自分でもわかった。

谷中(やなか)駅のトイレで個室に入って、真弓は自分の腕を見てみた。椅子の足に打ち付けたのがよくなかったのだろう。皮膚に血が滲むような酷い痣になっていた。

けれど少しも痛くない。

幼い頃に、神社で知らない男に背中を切り付けられた時も、痛くなかった。

同じ神社の回廊で、勇太に腕を摑まれて背中を打ち付けられた時も、少しも痛くなかった。

いつも、痛くなかった。

痛みを感じたら、そこから二度と動けなくなることを、体が知っていたのかもしれない。

隣の豆腐屋の、水が流れる音が聴こえた。いつもの音だ。毎日聴いているので逆に気づかないこともある。

豆腐屋のおかみも、よくおかずやお弁当を作って持ってきてくれた。達也の母親もそうだ。今も魚藤では魚が残ると、達也がこの家に届けにくる。

そういう習慣になってしまって、理由を母親が忘れているようなことを、いつだったか達也が言っていた。

「いつ、食べられるようになるんだろう」

——食べたもので体ってできてるじゃない。食べるってことはさ、生きよう、生きようって強さでもあるから。

どんな辛い状況になっても、真弓はちゃんと食べていると勇太がよく言っていた。真弓が食べているのを見ると安心すると、思い出したように勇太は言葉にする。

誰にも、この子に食べさせていないと言われたくなかった。元気にたくさん食べると、姉や兄たちが喜んでくれた。

それが長いこと真弓自身にとっても、大きな幸せだったのだ。

少し隙間が開いていた襖が、そっと引かれた。

勇太にしては随分静かに、二人で寝起きしている部屋に入ってくる。

「ぬるいお湯、やて」

湯気の立つ湯呑を、黒いスウェット姿の勇太が真弓のそばに置いて、胡坐をかいた。

視界の端に、白い湯気が見える。

「……ありがと」

なんとか声が出て、体を起こして真弓は湯を飲んだ。

「もし食えるんやったらお粥作るて、秀が」

告げる勇太の声がやさしい。

「食えたらやけど」

食べたらきっと、勇太も、秀も、大河も明信も丈も、安心してくれる。どうしたらちゃんと食べられるのか、こんなにも一生懸命考えてくれている。

——真弓先生、誰かにすごく大事にされてきたんじゃないかな。

まるで母親のようだと、誰かの声を聴いて初めて真弓は思った。今まで一度も思わなかったのは、母親を知らないからではなく、母親を求める心の暇がなかったからだ。

大事にされてきた。姉に。兄たちに。秀と、勇太に。

だから真弓にはまだ、たった一つできることがある。

たった一つ、残っている自分の持つ力がある。

「勇太」

無様に、声が震えた。

「助けて」

それでもはっきりと、勇太を見て真弓は乞うた。

助けてと、言える人がいる。

助けてと言える力が、真弓にはまだ残っていた。

「助けて」

そっと、勇太の手が真弓の頬に触れる。勇太は両手で真弓を抱きしめた。

湯吞を持っていることはできなくて、音もなく倒れて中身が古い畳に吸い込まれていく。

「当たり前や。おまえがそう言うん、ずっと待っとったんやで。ずっとや」

言葉を渡されて、真弓は止まっていたように感じていた血が流れ出すのを感じた。

熱くて、痛い。

感覚という感覚が戻ってくる。打ち付けた右腕にも、抉るような痛みが走った。

「俺」

話そうとしたら、痛みになのか、それとも感情に覆い尽くされたのか、滲み出た涙がそのまま零れ落ちた。

「……っ……」

嗚咽に、声も出ない。

背中を撫で摩って、勇太は呼吸が落ち着くのを待っていてくれた。

「ゆっくりでええよ。全部聴くて、ゆうとるやろ。俺、最初っから」

「俺」

何処から話したらいいのか、真弓はもう起点さえ見失いかけていた。

「十二月から、児童養護施設に、家庭教師に行ってる。そこで働きたくて」

一息に、伝えられる事実だけをなんとか紡ぐ。

真弓を抱いていた勇太の腕が、緩んだ。

目を合わせた勇太は驚いてはいたけれど、真弓がずっと案じていた感情は、見当たらない。

「せやから、ゆわれへんかったんやな」

せやから、が何処と続いているのか今はまだわからなくて、真弓は頷けない。

抱いている手を離して、向き合うように勇太は座り直した。

「俺昔やったら、おまえのこと疑ったかもしれん。俺のこと結局、おまえは憐れんどるんやなて」

親からの充分な手当てをされない子どもだった勇太が、真弓の不安を言葉にする。

「けど、ちゃうんやろ」

「憐れんでなんか、いない。だけど、そう。勇太がもし俺の選択に傷ついたらって思って、俺」

「傷ついたりせえへん。けど、心配はしとる。俺はしょうもないガキやった。一緒に暮らすようになった後に秀も、倒れてしもたし」

もう十年前になる出来事に、昨日そうしてしまったように勇太は息を吐いた。

「俺が、全部悪いんだ」

どう自分がいけないのか。何処で何を間違えたのか。それを整理して話すには今はまだ真弓は大きな混乱の中にいた。

「怒らないで、聴いて。俺本当に勇太のこと憐れんでなんかいない。だけど、十一月に児童養護施設の子と出会って。拓くんって、いうんだ」

拓は、今どうしているだろう。真弓を突き飛ばしてしまったことに、ショックを受けていたのは拓の方だ。

「俺が会えなかった、会いたかった、子どもの頃の勇太を勝手に重ねた」

それを打ち明けるのは勇気がいった。

誰だって嫌なはずだ。勇太も、拓も。そんな風に誰かに重ね合わせられることは。

「俺が、会いたかった勇太だって、とりつかれたみたいになって」

「なんで、ガキの頃の俺にそないに会いたいん」

仕方なさそうに、けれど叱りはせず、勇太が尋ねる。

「……子どもの勇太に……痛いこととか、起きて欲しくないから」

絞り出した真弓の言葉に、なんとか勇太は「あほ」と応えてくれた。

「でも、拓くんの家庭教師になってすぐ、気づいた。拓くんは拓くんで、勇太じゃない。勇太は勇太で、拓くんじゃない」

「当たり前や」

「拓くんは、一生懸命俺と勉強してくれる。かわいくて」

途切れ途切れに話すうちに、何故、拓が自分に懐いてくれたのかをはっきりと思い出す。

「施設の人に話してない話をして、二人だけの秘密作って、拓くんの気を引いた」

秘密の中身こそ、誰にも打ち明けたくなかった。

「どんな秘密や」

その真弓の気持ちを知るかのように、勇太が問う。

今ここで話さないとこのまま自分も、誰より拓を助けられない気がして、真弓は大きく息を吸った。

「俺も、親、いないよって」

薄闇に、勇太が目を大きく開く。

普段親がいないと真弓が感じることなく、足りないと思うことなく育ったと、勇太もきっと知っている。

「……拓くんに俺の方見てほしくて、咄嗟に言っただけだって最初は思った。だけど段々、言葉にしちゃったから、気づいたんだ。俺」

「なに、に」

続きを聴くことを、勇太も恐れて見えた。

「両親亡くなった時、俺四歳だった。今まで気がつかなかった。俺を育ててくれた、お姉ちゃんも、大河兄も、明ちゃんも、丈兄も」

名前を綴っていったら、どうしようもなく涙が零れ落ちる。

「みんなが子どもだったってこと」

なんとか言えた声が、掠(かす)れた。

「俺は、足りなくないよ。なのに、俺のために足りないことを必死で満たしてくれた家族を……拓くんの気を引く引き換えにして」

涙でぐちゃぐちゃになった真弓の頬を、スウェットの袖で勇太が拭(ふ)いてくれる。

「しんどいな」

かけられた声に、歪んだ視界に真弓は勇太を探した。

「そないな嘘ついてしもて、しんどかったな」

この二か月、真弓は自分が何がこんなに辛いのかちゃんとわかっていなかった。

けれど勇太に教えられて、いくつもの重石を抱えていたと知る。

大切にしてくれた兄たちの存在を、ないもののように拓に語ったこと。そうして兄たちの子ども時代を自分のために犠牲にさせたと、思い知ったこと。

「どうして拓くんあんなに俺に懐いてるのか理由があるなら教えてほしいって、児童指導員の先生に訊かれたのに。まだ、話せてない」

そして恐らくは持つべきではない秘密で、拓の心を捉えてしまったこと。

拓との時間は、いい方向に向かっていない。たとえ拓が三桁の割り算ができるようになっても、五年生の漢字で文章を書けるようになっても。

悪い方向に走り出してしまったのは、間違いなく自分一人のせいだ。

「話したら家庭教師、やめなきゃいけない気がして」

「やめたないんか」

「やめたくなかった」

たくさん間違えてしまったけれど、拓がとても大事で愛おしいという気持ちだけは、会うたびごとに育っていった。

家庭教師をやめて拓から離れたくないという、どうしようもない愚かな感情もある。

「四月から、せめてなんとか学校に通えるようになるまでって思って。施設の先生に、拓くんとの秘密話さないまま続けてたら。今日」

乾いて切れた唇から、血が滲んだ。口の中に入って錆(さ)びついた味がする。

「他の子が、俺に勉強教えてほしいって言った。そしたら拓くん、怒って」

それきり、真弓は結局何も言えなくなった。

真弓が暴力を受けることはきっと、勇太が最も恐れることだ。

「……殴ったんか」

「相手の子をつき飛ばそうとして、咄嗟に俺が間に入った。でも、他の子に暴力振るうようなことがあったら別の施設にまた移らないといけないって最初にちゃんと説明されたのに。俺」

すぐに出てきた自分の言葉が、嘘ではないことにはただ、安堵(あんど)する。

「それも、まだ話してへんのか」

「話さないで、帰ってきた」

「間に入ったて、おまえ大丈夫なん」

「拓くん、子どもだから。大丈夫」

まっすぐに、真弓は惑わず勇太の目を見て告げた。

駅で腕を見た時から、何があってもこのことは誰にも言うまいと、それだけは真弓は強い意志で決めていた。

理屈も、倫理もない。間違いだとしても、拓の手をまともに受けて怪我をしたことは、絶対に誰にも言わない。

自分勝手な感情で、真弓から飛び込んだ。若葉園にも、真佐樹との間にも。それは自分しか悪くない。真弓だけの罪だ。

だから拓には背負わせない。

勇太は真弓に怪我をさせたことを、きっといつまでも背負い続ける。

今も背負っていると、自分を案じる勇太のまなざしに真弓は知った。まだ幼い拓に、己のせいで同じ思いを決してさせはしない。

「おまえ、ガキであほなことしてもうた。な」

確かめるように、勇太は真弓を叱った。

「……うん」

きちんと断罪されたことが、むしろ真弓を少し楽にしてくれる。

自分のせいで真弓がその間違いを犯したと、勇太が己を責めるようなことをしないでくれたことにも、心が助けられていた。

「慰めたりたいけど、俺普通に腹立つわ。相手はガキなんやろ?」

「うん。俺が悪い」

「せやな。せやけどちゃんと見てみい。俺、今どうや」

大きく息を吐いて、勇太は腕を広げて見せた。

すぐに意図がわからず、真弓は勇太を見つめた。

仕事から帰ってきた勇太は、部屋着のスウェットに着替えて秀の作った夕飯を食べた。きっと今真弓は胃が動き出して随分空腹だから、勇太のスウェットにいつも秀が使う出汁の香りが少し移っていると気づいた。風呂はこれからなのだろう。髪が乾いている。一つに括った髪の毛先は金色だけれど、根元の黒髪がまた、伸びていた。

高校一年生の時に秀が養子である勇太を連れてこの家にきて、お互い体が小さかったのに、急に勇太の背が伸び始めた。今は秀よりも勇太の方が体が大きい。

子どもの頃にたくさん悪さをしたせいで、背が伸びないと思っていたと、勇太は言っていた。まるで自分の方が保護者であるかのように、勇太は秀を支えて見えた。秀には大河がいるとわかって、子どもでいる理由がなくなったとも、勇太は言っていた。

後を追うように真弓の体も、少年のものではなくなっていった。

今日富田に聞かされた話を、真弓は思い出していた。

「ちゃんと、大人になった」

勇太も、真弓も、生きよう、生きようとして、健やかに大人になれた。

「そうやろ？　その、拓って子もちゃんと大人になるで。きっと」

「どうして?」

拓に会ったことのない勇太が断言する理由を、真弓は聴きたい。

「おまえはそら、あかんことしたかもしれん。せやけどたくさんの人が、その子のこと願っとるんちゃうん。ちゃんと大人になってほしいいて気持ち、伝わるんちゃうんか?」

だから自分の今の姿を見ろと言ったと、勇太はまだ腕を開いていた。

「おまえのためにゆうとるだけやない。俺は大人になって、たくさんの人が俺が大人になること願ってくれとったって思い知っとる。まともに大人になれるなんて、ガキの頃は少しも思うてへんかった。せやけど秀だけやなくて、いろんな人が俺を大人にしてくれたんや」

長い文章だ。

勇太が綴れた長い文章を、静かに真弓は聴いた。

漢字を繋いで、拓と作ろうとしている長い文章だ。どんな感情があって、だからどうしたいのか。どうなったのかを伝えられるように、長い文章を拓と作っている。

「せやから俺、今ちゃんと人を信じて生きとる。施設でたくさんの大人が願っとるんやったら、その子もきっと大人になる。ちゃんとそういう場所におるんやったら、おまえの、誰か一人のせいで、一人の人間がめちゃくちゃになったりはせえへん。そういうもんや」

勇太にはもう、長い文章が作れていた。

——大丈夫。山本先生、松岡先生。みんな。私もいるんだから。

富田の言葉に、はいと言おうとして声にできなかったことを、真弓は悔やんだ。

「なあ、やっとおまえ助けててゆうてくれたのに。それ、俺、まだ助ける力ない。情けないけど」

伸びた根元の黒髪を、本当に情けなさそうに勇太が掻く。

「大河んとこ行こ。ほんで」

この先は大河に相談することだと、やっと勇太に話せたから、真弓にもわかった。

「その子との秘密の話も、今やなくても大河に話してもうた方がええ」

「話すの？」

けれどそうすることには、大きな躊躇いがある。

「しんどいやろけど、それ黙っとったらきっとちゃんとメシ食えるようにならへんで。おまえ」

勇太に言われて、胃が動き出してはいるけれど、まだ残っている塊があると真弓も気づいた。

「……ほんとだ。まだ、何か閊えてるみたいだ」

「話して、謝ったらわかってくれる。信じとるんやろ？」

「だけど」

この話は、自分にとってまだ早いと、真弓は逃げたかった。

けれど本当は、大切にしてくれた兄たちを傷つけたくないという、逃げだ。

「黙っとられる方がしんどいし。いつかは、ちゃんと話すことなんちゃうんかな。わからんけど」

その判断はつかないと、勇太も息を吐く。

「そうかな」

「わからん。そんときおまえが四歳やったって、俺、聴いたん多分初めてや。すまんけど気にしてこんかった」

「だって、俺が気にしてないから」

「せやから、それや。それを、ちゃんと話したらどうや」

何故話した方がいいのか勇太自身理由がわかったと、手を打った。

まだ、真弓は答えられない。

「まあ、それは後やな。拓くん、か」

覚えてくれた名前を、勇太は反芻した。

「その子が先や。ちゃんと、大河に相談してみい」

真弓の手を取って、勇太が立ち上がる。

「うん」

その力を借りて、手を引かれて真弓は、天井ばかり見ていた二階の部屋を出た。

古い日本建築なので、この家の戸はほとんどが襖だ。

誰がどう叩いても、気が抜けた音がする。

勇太が叩いてくれている大河の部屋の襖の音が、懐かしい、ずっとそばにいてくれた音のように、真弓には聴こえていた。

「入るで」

中から大河の返事が聞こえて、勇太が真弓の手を引いたまま襖を開ける。

広いとはいえない一階玄関横の六畳間に、大河と秀、そして珍しいことに明信がいた。

「明ちゃん……」

真弓を見て一番驚いた顔をしたのは明信だったが、真弓も驚きながら何故大河の部屋に明信がいるのかがわかる。

今日とうとう、真弓が夕飯を食べなかったからだ。

「真弓、ごめん」

だから、唯一この家で真弓の進路について知っている明信は、相談すべき兄の部屋を訪れたのだろう。

「ううん。明ちゃん。俺こそ、ごめん」

一番苦しむであろう人に、話したことを真弓は悔やみ、謝った。

きっと、真弓の話をするために秀も、ここにいる。

不安を見せまいと大河は、畳に座ったままでいた。

大切にされている。ずっと、大切にされてきた。疑ったことなど、真弓は一度もない。

「俺、今真弓の話初めて聞いたんやけど。下っ端の職人の手に負える話やない。大河に相談したらええって、連れてきた」

手を繋いだまま、勇太が大河に言った。

殊更平静を装うような勇太のいつもと変わらない声に、今日の山本や富田の様子を真弓は思い出した。

誰かが大きく揺らいでいる時に、それを知った人は揺れないで見せてくれるものなのかもしれない。

「やっと、相談してくれるのか」

待っていたと笑う大河も、落ちついて見える。

「じゃあ、僕は部屋に戻るね」

大河だけがいいと判断してくれたのか、明信は部屋を出ていこうとした。

「明ちゃん」

すれ違う兄を、真弓が呼び止める。

「俺、本当になんにも足りなくないんだ」

思いの外静かな声で、真弓は伝えられた。

「信じてほしい」

止まったまま、明信が真弓の声を聴いている。

「本当？」

尋ね返されて、自分の選択が既に兄を悲しませていたことを真弓は思い知るほかなかった。

「本当」

真摯に言葉を重ねるしかない。

明信は一瞬泣きそうな顔をしてしまってから笑んで、廊下に出て二階に上がっていく。

「僕はどうしよう」

委ねるように秀が、真弓を見た。

「粥炊いてやってえな」

真弓の手を離し、秀に歩み寄って、今度は勇太は父親の手を引く。

「ほんなら、俺らいくわ」

頼むとも何とも言わず、勇太は秀を連れて部屋を出て、襖を閉めた。

最初は五人いた六畳間に大河と二人きりになって、この部屋は豆腐屋の水音が一際よく聞こえることを久しぶりに真弓は思い出した。

以前はずっと、兄の部屋に入り浸っていた。勉強をする兄の膝に縋るようにして、子ども時代を過ごした。真弓はこの部屋で眠っていた時間も長い。不在の長女志麻はもともと帰らないことが多く、夜一人で眠れずに大河の布団に入った。

幼い真弓にとってこの部屋は、自分の部屋でもあった。

「体、大丈夫か」

食が落ちている真弓を、大河が案じる。

「うん。後で、お粥食べる」

無言で出された座布団に、真弓は正座した。

「明ちゃんから、聞いた?」

「少しな」

何をどんな風にとは、大河は語らない。

「大河兄。助けてほしい」

自分ではもうどうすることもできないと、それはとうにわかっていたことだった。

「ちゃんと、話してみろ」

穏やかに、大河が聴こうとしてくれている。

その声を聴くだけで、真弓は気持ちを少し緩ませることができた。

「俺、十一月に入谷の若葉園っていう児童養護施設に、見学にいったんだ。そこで働きたくて」

きっともう明信から聞いているだろうことを、それでも自分で言葉にする。

「そうか」

明信が、間違いなく大河に相談してくれている。

普段の明信なら絶対に誰にも話さないでくれるというずるい気持ちで打ち明けたのに、相談してくれていたことが真弓はありがたかった。

足りなかったということなのかと、驚き、悲しむ大河の顔を見ないですんだ。

「十一月に、八角さん。野球部のＯＢの」

「ああ。大越くんと同期の」

「うん。八角さんの会社見学にいって、それが若葉園とプロ野球選手のイベントだった。あ、俺が日にち間違えちゃったんだ。八角さんその日には、俺にはきて欲しくなかった」

「八角さんが？」

きて欲しくなかったという言い方は短くまとめ過ぎていて、大河が不思議そうに尋ね返す。

「八角さんには、俺、背中の傷見られてるから。理由も話して、たくさん助けてもらって野球部のマネージャー三年間やれたし。でもそれ知ってるから、俺が若葉園のイベントにひかれるのを心配してくれたみたい」

傷を、瑕疵という聞きなれない言葉に八角は言い換えてくれた。

それでも、瑕疵があるからと言われたことは、大河には言わない。言わなくても大河には、ずっと考え続けたことだ。

弟たちに、何か足りていないのではないか。

瑕疵が、あるのではないのか。

それを人に謗られて傷つくのではないかと大河が考え続けていたことは、三人の弟はみんな知っている。

「すごいな。八角さんは」

「うん。……そういえば、入学式で大河兄が帰った途端に出会ったんだった。俺、運がいい。すごく」

一緒に帰ると思い込んでいた大河が会社に戻ると言って、ショックを受けた自分に呆れたことを思い出す。

大河が竜頭町の寺門テーラーに頼んでくれた、きれいな青嵐のスーツを真弓は着ていた。入学式なのだから、一緒に帰って何処かに寄っておいしいものを大河が食べさせてくれると思い込んでいた。

幼くて甘えた十八歳だった。

守り続けてくれている人が帰ってしまって心細い気持ちでいたら、強引なサークル勧誘から八角が助けてくれた。

「卒業式の後は、なんかおまえの好きなもの食べにいこうな」

ふと何気なく大河に言われて、同じ場面を大河が思い出していたと知る。

帰ってしまった。もう大学生だから今までのように甘やかしてはくれないのだと。

あの日の真弓には、そういう思いが確かにあった。大河はもう、青嵐のスーツを纏った自分を大人だと認めて振り返らないのだと、寂しかった。

「大河兄」

馬鹿だと、自分を咎める気持ちに泣きたくなる。

「児童養護施設で働きたいって思った時。俺、うちに、両親がいないってちゃんとわかってなかった」

伝わるだろうかと、声が細くなった。

「自分と同じ境遇の子どもたちだなんて、少しも思わなかったんだ」

理由はそこにあると、きっと大河は思い込んでいた。

小さく安堵の息が漏れたのが、真弓にも聴こえる。

大河に、明信に、辛い思いをさせた。

「だったらなんで、おまえはその若葉園で働きたいと思ったんだ?」

その思い込みは簡単には解けず、不思議そうに大河が問う。

「その、十一月のイベントで初めて会った、拓くんって小学校五年生の男の子の家庭教師を今、やってる。勉強が追いついてなくて、学校いってないって聞いて」

それだけが理由だと、もちろん大河も腑に落ちている様子はなかった。

「拓くんに出会った瞬間、子どもの頃の勇太だって……思い込んだ」

息を、大河が呑んだのがわかる。

誰からも咎められる愚かさで、幼い子どもに近づいてしまった自分を、真弓自身とても許せはしない。

「ずっと、心のどっかにあったんだ。子どもの勇太に、痛い思いもお腹が空くこともない時間をあげたいって。それが……できるのかもしれないって」

自覚があるからこそ、その仕方なさを打ち明ける声が小さくなっていった。

「拓くんと勇太は別々の人間だって、一緒にいたらすぐにわかったよ。だけど、最初の時に、若葉園の人にも内緒の秘密を作って拓くんの気を引いた。それで、拓くんすごく俺に懐いてくれて、勉強も一生懸命やってくれてる」

「秘密って、どんな秘密だ」

大河に問われて、真弓は俯いた。

「俺も、同じだよって。同じじゃないのに嘘を吐いた。酷い嘘ついたって……何度も何度も思ってる」

「それで、ずっと悩んでんのか。真弓」

名前を呼ばれて、兄は弟がやはり自分には足りていなかったと気づいたことが大きかったのかと、誤解したことに気づく。

「そうじゃ、ないよ。待って、俺は本当に……お父さんとお母さんがいないことにもずっと、気づかないくらい大事にしてもらった。大河兄に。みんなに」

「だけど、明信がおまえを心配してた。結局、俺たちは」

「違うよ！」

今すぐにこの誤解を解くのはとても無理だと思ったら、悲鳴が零れてしまった。

その悲鳴に、大河は驚かず、俯いたままの真弓の頭を二度、撫でていく。

「わかったよ。でも、ちゃんとこの話をしてこなかったって、明信と話して俺は思ってたところだったんだ。それはまた、別の話だな。後だ」

それは、自分がちゃんと聴くのが怖かったからだと、真弓は知っている。

「同じは、嘘なんだよ」

また別の話と言った大河に、真弓は甘えた。今はまだとても、その話をちゃんとはできない。

「嘘の秘密のせいで、拓くんすごく俺に懐いてくれたんだ。それで、今日俺に勉強教えてほしいって言ってくれた若葉園の他の男の子にやきもち焼いて、突き飛ばしそうになった」

自分が何をしてしまったのかを、一息に大河に打ち明ける。

「もし他の子に暴力を振るうようなことがあったら、若葉園から別のところに移されることになるって見学の日に俺、児童指導員の先生に説明されてるんだ。そうしたくないって、その先生が言うのを聴いた」

「突き飛ばしたのか？　その子は」

動揺をきっと隠して、大河が真弓に問う。

いつの間にか畳に両手をついて、真弓は首を横に振った。

「咄嗟に、俺が間に入れた。俺はなんともないよ。拓くん子どもだから」

右腕が火がついたように痛かったけれど、この痛みだけは大河にも絶対に教えられない。

「おまえに、執着しすぎちまったんだな。秘密があるから」

「俺の方が、先に執着した。それで、こんなことになっちゃった。大河兄」

どうしたらいい？　と、本当は真弓は続けたい。兄に尋ねたい。

けれど自分がやってしまったことをこうして語ると、どうしたらいいのかなど誰にもわかるはずがない気がした。

「施設の人に、今日の話もしてないのか」

「うん。どうして拓くんそんなに懐いてるのかって一度訊かれたけど、秘密の話もしてない」

「真弓」

ずっと畳を見ていたのに、兄の声が落ちついていてくれるから、自然と真弓の顔が上がる。

「それは、一日でも一秒でも早く、一つも隠し事しないで全部をちゃんと若葉園の人に話して謝るしかない」

目が合ったのを確かめてから、大河は言った。

もうそうするしかないことは、心の何処かで真弓もわかっていたのかもしれない。けれどできなかった。

怖かった。叱責されることも、呆れられることも。

拓の家庭教師を続けられなくなることも、怖かった。

何より、自分のしたことのせいで、拓が若葉園にいられなくなることが、恐ろしかった。

「……うん」

怖さが大きすぎて、固まっていた。何事もなかったかのようにことなく時が過ぎてくれないかと、愚かにも願っていた。

その真弓の愚かさのせいで今日、拓は衝動的に動いてしまったのだ。

「本当に駄目なことしたな」

「うん」

穏やかに大河に言われて、ただ頷く。

「けど、俺は今おまえのことちゃんと育てられたんだなって、一つ安心してる」

思いもかけないことを告げられて、驚いて真弓は大河を見た。

「助けてって、言える力がある。おまえには」

それは、たった一つ残っていると真弓も気づいた、唯一の力だ。

「一人で抱え込んで、そんなに自分が駄目なことした話、誰にもしたくなかっただろ？」

「だけど、二か月も、経ったよ」

もっと早く、今日のことが起きてしまう前に松岡に相談できたはずだという思いも強い。

——判断力を失ってると思ったらすぐ俺に連絡しろ。

あんなに心配してくれた八角は大学にまで足を運んでくれたのに、間違っている自分を慰められるのが辛くて、真弓は逃げた。

「それでも最後の最後で、助けてって言えただろ。そのこと忘れるなよ。それはおまえのためでもあるけど」

自分の考えを確かめるように、少しの間大河が自分の手元を見る。

「きっと、その子のためにも大事だ。俺は施設のルールはわからないから無責任なことは言えないが、おまえに非がある話だ」

施設のルールは、真弓もまだほとんど把握できていない。だからきっかけから今日の出来事までを全部打ち明けた結果、自分はともかく拓がどうなるのかまるでわからなかった。

悪い想像しか、していない。

「ここでおまえと俺でいくら考えても、何もわからないし何も進まない。真弓」

もう想像している時ではないと、きちんと大河に諭された。

「俺、明日、朝若葉園に行く」

　他に何もすべはないのだと、真弓もはっきり理解する。

「ちゃんと、全部話して謝る。拓くんが……俺のせいでよくないことにならないように。何も隠さないで話す」

　一日でも、一秒でも早く、松岡に話さなくてはならない。

　そうする外なかったけれど、自分一人の力ではもう一歩も歩み出せなくなっていた。

「そんなに目、腫らして」

　ため息のように、小さく大河が笑う。

「お粥でいいから、少しでも食えよ。ゆっくり水たくさん飲んで、できるだけ早く眠って。なるべく起きた頭で行って、話してこい」

「そうする」

　どんなに自分が悪くても、間違えたのが自分でしかなくても、自分で頑張りようがないことがあると、真弓は初めて実感していた。

　起きてしまったことを、取り戻す力は真弓にはない。

　責任を負う力がないのに、こんな風に間違えてしまうことがこれから先もあるのだろうか。考えるとやはり怖かった。

　それでも間違いは、背負っていくしかない。

「俺、本当に思い上がってた。コミュ力高いって、自分で本気で思ってた。だけど人の、他人の痛みに触ろうとして間違えてばっかりいる。後輩にだって酷かった。思い上がってるから、自分の気持ちだけで踏み入ったんだ」

自分にできることがもしこれから渡されるなら、それを一つ一つ、丁寧にやっていく。

「俺、変われるかな」

兄へのまっすぐな問いが、真弓の唇を離れた。

「……真弓」

ふと、兄が声を詰まらせる。

「なんか、ちゃんとしたこと言ってやらなきゃいけないのに」

ごめんなと、聞いたことのない兄の小さな声が、真弓の耳元に触れていった。

ここまで気を張って揺れまいとしてくれていた大河の姿が、真弓にも見える。

兄は、真弓にとってずっと、大人で、保護者だった。そういう形であろうとしてくれていた。今もだ。

けれど兄は、兄である前に保護者である前に、大河という一人の人だ。

「ありがとう。大河兄」

掠れたけれど、ちゃんと大河に言えた。

渡したい言葉を、声にできた。

ずっと浮遊していた真弓の足元が、やっと、地上に降りた。

粥を炊こうとして、土鍋に昆布を浸している秀の後ろ姿を、台所の椅子に座って勇太は見ていた。

いつもの白い割烹着が古ぼけている。すっかり見慣れてしまった姿だ。秀がこの家でその白い割烹着を着るようになってから、丸五年が過ぎた。

「秀」

話し始めたばかりの真弓がいる大河の部屋の方を一度振り返って、勇太は父を呼んだ。

「真弓ちゃん。大丈夫かな」

「大河に話せたら、メシは食えるやろ。なあ、ちょっとここ座ってや」

自分が座っている椅子を半分開けて、開けた場所を勇太が叩く。

「そこ？」

振り返って、小さく秀は笑った。

「しゃあないやん。椅子一個しかないんやから」

「そう？」

少し恥ずかしそうにして、秀が勇太と一つの椅子を分け合って座る。

否応なく、肩と腕が当たった。

「あいつ、児童養護施設で働こうとしてん」

僅かに秀の温もりを感じて、その体温に力を借りて勇太が小声で打ち明ける。

目を瞠って、秀は少し低いところから勇太の顔を覗き込んだ。

「……驚いたけど、真弓ちゃんなら」

「せやけどきっと、働くんは無理なんちゃうかな。一人の子に近づき過ぎてしもて、取り返しつかんことしてもうたのやないかて思い詰めとる」

きっと、それは父にとっても痛い話だとわかっていて、だから勇太は同じ椅子に秀を呼んだ。

「俺のせいや。けどそれゆうたら真弓、このままメシ食われへん」

もし自分と出会っていなかったら。出会っていたとしても、子ども時代のことをせめて真弓に負わせなかったら。

あの雨の日に真弓に酷い暴力を向けなかったら。

あんなにも真弓が、子ども時代の自分に囚われるはずがない。

「ちゃんと聞くの怖い。だって」

巡る勇太の思考を、秀の言葉が止めた。

「僕が勇太にしたこと、きっともっと」

そっと、秀の手に勇太が手を重ねる。

今、秀が、教えてくれた。

何かが起きてしまった時、大切な人に自分のせいだと言われることが、きっと何より辛い。

重ねた手を、勇太は握った。

「痛ないか？　手」

「うん？」

どうしてそんなことを訊くのかと、不思議そうに秀が勇太を見る。

「もっとぎゅっと、摑んだやろ。ガキの頃。けど俺、痛くないようにおまえの手、握れる大人になったで」

言葉の意味をゆっくりと食み返して、息を逃がすように秀は小さく笑った。

「真弓がしてもうたことは、あかんことや。してもうたんは真弓で、せやけど俺のせいや。そうやって俺らで頭悩ませとってもきっと」

今はもう遠くに思えるけれど思い出すと驚くほど近い港町、そして秀と暮らした京都を、勇太が振り返る。

「取り返しがつくように頑張ってくれるんは、他の人や。江見のじいさんや、お手伝いのおばちゃん。白坂さんみたいな人や」

一番関わりたくなさそうにしていたのに、結局一番助けてくれたのは、秀が世話になっていた江見という老人のそばにいた、白坂だった。

いつも迷惑そうな顔をしていた。出会い頭から勇太は白坂が嫌いだったが、秀には難しい手続きという手続きをすべてしたのが白坂だ。

「そんなにちゃんと、覚えてるんだね。勇太」

江見や江見の家政婦、白坂と、京都で世話になった人々を並べられた勇太が、秀は意外なようだった。

秀自身は大学で江見に師事して、江見は実の息子のように秀をかわいがっていた。勇太も江見の家政婦が作った食事を時々食べて、今もその人が縫ってくれた作務衣を夏には大切に着ている。

「せやな。覚えとる。……おまえと俺の命、助けてくれはった人らや」

薬物中毒から抜けられないでいた勇太に、白坂は、自分の弟が薬で死んだと教えた。

「もし、今の俺が……あの時の俺で。ヤクで病院にぶち込まれて、なんとか病院出てあの町家に戻って。おまえが飲まず食わずで寒い部屋でぶっ倒れてるの見たら」

白坂は弁護士の資格を持っていたが、弟を亡くしてから江見の元で働くことしかしていなかったと聞いた。

二十歳になろうとしている秀が、勇太を養子にしようとしていること自体、白坂は最初から反対していた。

薬の過剰摂取で倒れた勇太が入れられた格子のついた病院に、離脱するまで繰り返し面会にきたのは白坂だった。そうしてくれるように、勇太が頼んだ。

秀のもとに帰って結局薬で死ぬのなら、施設に入った方がいいと、白坂に言われて勇太はすぐに答えられなかった。

あの時、父親になってくれた秀には自分だけでは足りないと知ることが、勇太を暴走させた。

子どもだった勇太には、秀がそれだけの空洞を抱えていることが理解できなかった。

過去にも囚われた。その過去は、今も勇太のそばにある。

「おまえを離れて、白坂さんに頭下げて施設に入れてもろた」

秀の瞳が、大きく揺れたのがわかって、勇太は指を握り直した。

「今の俺ならそうする。できひんガキだったから間違えて、そんで今こうやっておまえの手」

痛くないように握れるようになったと、綴れるほどまだ、勇太も大人ではない。

長く、言葉がないまま勇太は秀の手を、やわらかく摑んでいた。

「真弓ちゃんはきっと、自分を責め続ける。だけど僕はもう、勇太とのことで自分を責めることはしないよ」

痛くないように握られた手で、秀が勇太の手を摑み返す。

「僕はあの時たくさん間違えた。それでも自分を責めるのをやめたことをいつか、真弓ちゃんに伝える」

「いつか」

今ではないと、それは勇太にもわかった。

「話したってくれ」

秀も、勇太も、正しい筋道を通って今、ここでこうしていない。

道のない藪を掻き分けるようにして、たまたま二人とも無事でいる。それはもう、起きて、過ぎてしまったことだ。

「足りひんのかなあって、思った。あいつが就活始めた時に俺、おまえとおってほんまに幸せやって真弓に話したんや。それでもあいつ、俺みたいな子に目がいってしまうんやなって俺も不安になる」

真弓の前では言えない不安を、小さく声にする。

「あいつが好きや。あいつも、俺を好いてくれとる。ほんならこんなん、普通のことなんちゃうんかな」

声にしたら、それは自分たちが特別だから生まれる不安ではないと、知れた。

「うん」

ゆっくりと秀が、頷いてくれる。

「おまえや真弓のことは、俺には自分のことや。おまえのせいにも真弓のせいにも、俺のせいにも絶対せえへん。だけど他人で、小さい子の話や」

それがどうなってしまうのか。勇太にはわからないし心配することしかできない。

「つらいね」

「しんどいな」

秀も勇太も、他に言える言葉は見つからない。

「俺のせいやて俺がグラグラしたら、あいつも、あいつの先にいる子も支えられん。せやから、しっかりしとかんとな」

自分に言い聞かせるように、勇太は声にした。

隣から秀が、自分を見たのがわかって問うように見返す。

「すごく、しっかりしたよ。嘘みたいだ」

笑おうとした秀の目尻がふと濡れるのに見ないふりをして、勇太はただ、頷いた。

若葉園に行ってしまったら、拓が昨日のことを話しにきたとわかると気づいて、真弓は松岡に休憩を使って外に出てもらった。

そんなに園から離れられないと言われて、住宅地の中にある児童公園で待ち合わせた。

早い時間のせいか人気（ひとけ）がないので、ブランコに並んで座った。

「情報が多い」

十二月の初めての家庭教師の日から昨日までのことを、隠し事なく一通り話した真弓に、松岡がふざけているのではなく心からの困惑を声にして聞かせる。

「すみません……」

たった二か月のことなのに確かに話すことはたくさんあって、真弓は謝るしかなかった。

「両親いないって、ずっと?」

左隣のブランコから、いつものエプロンの上に上着を羽織った松岡が尋ねる。

「四歳からです。ただ、年の離れた姉……干支（えと）一回りくらい上なんです。姉。それから三人の兄が大事にしてくれて。それで、俺自身本当のこと言って親がいないってほとんど意識したことがないんです」

「ああ、そういうことはあるよね」

本当のことなのに言い訳のようだと真弓は思ったが、松岡からは随分とあっさりした肯定が返った。

「そうですか?」

「あるある。お姉さんとお兄さん、頑張ってくれたんだね」

軽く言われたお陰で、そこだけ真弓は少し気持ちが軽くなる。

「はい。すごく、頑張ってくれました」

「八角(やすみ)は、知ってるの？」

「俺が意識してなかったので、多分知らないです。ここで家庭教師を始めて、段々実感していったくらいなので」

「多分ってなに」

「もともと野球部の先輩なので、兄たちに挨拶してくださったことがあるんです。それに、八角さんと親しい同期の先輩がたまたま俺と同じ町内なので、もしかしたら聞いてるかもしれません。松岡先生に訊かれたから俺も今ちゃんと考えて、多分って……」

「なるほど」

それは多分がつくわけだと、似合わないブランコの上で松岡が考え込む。

「八角、その同期に君の家のこと聞いてないと思うよ。尋ねないだろうし、詳しく知ってたら俺に言ったと思う」

「……俺も、そう思います」

兄たちに育てられたことくらいは真弓も八角に話したことがあるかもしれないが、今自分が理解しているように知っていたら、八角は全力でこの件を止めただろう。

松岡も真弓も、二人ともが八角をわかっている。

「それで、君が今思い詰めてるポイントは何処？」

ブランコの鎖を摑んで、松岡は問い直した。

「拓くんの、ことです」

「暴力は、振るおうとしたけど結局君が止めたんだよね」

「はい」

「じゃあそれはノーカン」

「え？」

サラッと流されて、意味がわからず声だけが出る。

「話してくれたから、これからはいよいよ本気で気をつける。ありがとう。だけどまだ起こっていないことで、いちいちよそにやらないよ」

「そうですか……。よかった」

言われればそれはそうかもしれないと、拓の移動は今のところないと知って、真弓は大きな息を吐くことができた。

「あとは？」

「あの。だから、拓くんがカッとなった原因は、俺で。それは俺が、松岡先生にも全然話せないまま勝手に秘密を作ったからで」

意を決して緊張しながらすべて話したのに松岡が深刻にならないので、真弓も問題を見失いそうになる。

「秘密って勝手に作るもんじゃない？　俺に話したらもう秘密じゃないじゃん」

「でも。その秘密のせいで、拓くん」

「君に愛着持ってるよね」

よくないことだと真弓がずっと案じていたことを、松岡は「愛着」という言葉にした。

執着だと真弓は思っていたけれど、松岡や、もしかしたら若葉園の言葉では愛着というのかもしれない。

「それはよく知ってる。うーんと。あのさ、拓は見ての通り親に暴力を受けてる。大人をまだ信じてないし、まだまだ拒んでる。そういう拓が人に愛着持てたら、それはもう大喜びするとこなんだよ。こっちとしては」

「そう、なんですか？」

予想もしなかったことを告げられて、真弓は呆然とした。

叱責されるだろうし、家庭教師は辞めることになると思い込んでいたのだ。

「そうだよ。だから君には続けてほしい」

「……いいんですか？」

悪い思い込みが長く強すぎて、真弓は松岡の説明がすんなり入ってこない。

「そもそも、そのくらい自分が悪いって思い詰めてたら、理由も言わないで来なくなって連絡もつかなくなる方が多いよ。全部話してくれて本当に助かったし」

目にかかった黒髪を払って、松岡はらしくなく弱さのようなものを真弓に見せていた。

「愛着には気づいてたけど。愛着のきっかけも、嫉妬も、昨日の未遂の暴力も、全部俺は見逃してた。それは俺の、俺たち職員の落ち度だから。君に辛い思いをさせて本当に申し訳なかった。ごめん」

自分の方がどれだけ謝っても足りないと思ってここにきたのに、松岡にきちんと頭を下げられて真弓は戸惑うばかりだ。

「そんな……俺が、悪いんです。本当に」

「真弓先生、十二月からサポートボランティア始めたばっかりだよ。説明も全然足りてなかったって、思い知ってる。それに、正直に言うと、俺は君を見くびってたって反省してる」

苦笑して、松岡が首を落としたまま真弓を見る。

「秘密だってなんだって、拓に愛着を持たせた。愛情が生まれてるんだよ。勉強は二の次だ。いや、もちろん四月から学校通えるとこまできてるのも本当にすごいし」

そんなに素直に嬉しそうな松岡を、真弓は初めて見た気がした。

くしゃりと皺ができた目尻から、言われていることが松岡の本心だとやっと知る。

「続けられるなら、家庭教師、続けたいです。これから、どんな風にしたらいいんですか？昨日みたいなことにならないように」

二度とこないでくれと言われる覚悟だった真弓は、拓の家庭教師が続けられることも、執着だと思い込んでいたものを「愛着」や「愛情」と言い直してもらえたこともただありがたかった。

「理想的な形は、話し合い。拓と、君と、俺と。他の子も一緒に。『拓は真弓先生に勉強習いたいよな？　でも真弓先生は若葉園の先生だから、みんなに教えてもらうんだ。その時拓が怒ったら真弓先生きてもらえなくなっちゃうから、我慢しような』って」

「それで……上手くいくんですか？」

「いくわけないじゃん」

すぐに肩を竦めた松岡はいつもの見慣れた松岡で、それで真弓は自分が許されていることを、逆に実感できた。

「子どもだもん。それに、やっぱりね。いったん人を信じられなくなってからの強い愛着だから、話し合いでどうにかなるもんじゃない。カッとなるのは、こう、強い癖みたいなもんなんだ。急にどうにかできるもんじゃないから、そこは訓練する。認知行動療法みたいなやつ」

「訓練ですか」

「うん。まず拓と……誰か、何人かで家庭教師を始める。あ、大学春休みだよね」

「はい」

「そしたら家庭教師の日、俺のシフトに合わせてもらってもいいかな。俺が立ち会う。それで、まあ、拓は昨日君が見たみたいな感じにはなるよ。俺も見たことある。何度も」

さらりと語られたことに、真弓の気持ちが一瞬、ひやりと凍ったように冷える。

「何度もですか?」

「うん。大きい声出したって言ったでしょ。暴力はまだないけど、切れちゃう。拓は。しょうがないよ。先に大人に切れられたんだから」

当たり前のことのように、松岡は語った。

——やわらかい頃だからさ、そういうことはどうしても影響しやすい。子どもたちのせいじゃない。

十二月に松岡にそう言われた時に、真弓は強く相槌を打った。

真弓がその時思っていたのは、勇太だった。

暴力を受けて育った勇太は、たった一度だけ真弓に暴力を向けた。その時のことを思い出して真弓は、子どもたちのせいじゃないと言った松岡に頷いた。

今もその気持ちに何も変わりはない。

「複数の子どもたちへの家庭教師始めたら、また簡単に切れると思う。昨日暴力衝動起きちゃったってことは、今後もあるかもしれない。それって拓は今のところ自分で止められないから、止める訓練するわけ」

昨日のように簡単に切れるということを、真弓は想像できていなかった。

「俺が見てて、切れそうになったらわかるから。そしたらその場から、はいはいはいはいーって連れ出す。布団に潜って数を数えたり、拓が落ちつく状況に移動する。それは心理士さんと相談するけど。繰り返していくうちに、自分でその場を離れられるようになるから」

何故胸がこんなに冷えているのだろうと不安になりながら、真弓は必死で松岡の説明を聴いていた。

「その場を離れるってことは、切れてはいるっていうことですか?」

「そう。だから止めちゃ駄目。おさまるまでそっとしとくの」

「切れること自体は」

尋ねようとして、喉に何かが閊えて言葉が止まる。

「終わらないいんですか?」

よく訊けたと、真弓は自分に驚いた。

もしも答えが「終わらない」だった時に、自分がどう受け止めるのかもわからないのに。

「その辺は、心理士さんと話してみたら。君がくる日に来てもらうようにしておくから」

「松岡先生は、どう思ってますか?」

松岡が答えを避けていることが怖くて、問いを重ねてしまう。

「わかんないよ」

困ったように、松岡は言った。

終わると、真弓は聞きたかった。拓も、勇太も。

あの雨の日以来、勇太は自分を律している。その勇太を真弓は全力で信頼していた。

けれど勇太は自分では自信がないから、見張っていてほしいといつか言っていた。

二年生の夏祭りの前だ。

「……わかりました」

何がわかったのだろうと思いながら、松岡に渡した承諾の声が痩せる。

昨日、拓の勢いの強さに、本当は真弓はとても驚いた。子どものすることだと言い張ったけれど、どうなってもおかしくない力が瞬発的に生まれた。

雨の日の勇太もそうだった。

その人がそんな力を持っていると思えない強い力が、突然爆発するように生まれる。

「俺、大丈夫です」

怖くない。恋人のすべてを信じていて、勇太のことを怖がったりしない。決して。

あの日から自分にそれを、言い聞かせてきたのだと知る。

昨日の拓を知ったことで、固く閉じていた記憶の蓋が開いた。痛かったこと怖かったこと。

恋人がその瞬間だけ自分の知る人ではなかったことと、真弓は目を合わせてしまった。

「そうか。君が無理だ」

真弓の小さな声の震えに、松岡が気づく。

「いいえ」

「暴力、見るのも無理だね。昨日だって怖かったんだろ?」

「いいえ!」

否定する声が、上ずった。

嘘を吐いたと、耳に返った自分の声が真弓に教えた。

「話聞いてたのに、ごめん。今気づいたけど、君自身の手当てがまだ終わってないじゃないか」

神社の回廊でのことは、真弓はさっき松岡が言った言葉のようにしてきた。

ノーカン。だ。

「自分の傷が塞がってからだろ。他人のことは。悪いけど、その精神状態の君をこっちも受け入れられないよ」

「その精神状態って……」

「今動悸してない? 指、冷たいでしょ。フラッシュバックだよ。子どもの暴力でも立ち会うのは無理だ」

いいえできますと、真弓には言い張れなかった。

三年蓋をしてきた、神社の回廊での勇太を、ここのところ真弓は頻繁に思い出している。

昨日のような場面に立ち会い続ければ、やっと別々の人間だと知ったはずの拓と勇太を、重ねていくことになるかもしれない。

松岡に言われた通り自分の手当てが終わらなければ、恐怖が噴き出してそれが勇太に向かってしまうことさえ今は想像できる。

「もともと、三月いっぱいって話してある。四月から真弓先生は大学が忙しくなって、だから拓も学校いってみようって。複数の家庭教師はやらないまま、そういうことにしよう。自然だと思う」

「だけど」

「大丈夫。拓はそれは寂しがるだろうけど、愛着持てたんだから。そこから先は俺たちががんばるところ。切れるのを止めるのは、普通に俺たちがやること。それが仕事ですから」

最後だけ生真面目に、松岡は仕事と、言った。

「それに、うちは無理だとはとっくに思ってたんでしょ？　就活しないと」

休憩時間を削って、松岡が丁寧に諭してくれている。

想像していなかった理由だけれど、確かに若葉園で複数の子どもたちの家庭教師を続けていくことも、若葉園で働くことも無理だ。

今の真弓にはできない。若葉園では、真弓の面倒まで見ることになる。

「それはでも、もう、考えてたんです。確かに四年生は俺、忙しくはなります」

無理である自分の理由をゆっくりと呑み込んで、松岡に答えた。

「どこ受けんの」

「まだ、それでどうするとか何も言えないですけど」

今、松岡にそのことだけは伝えたくて、いつの間にか俯いていた顔を真弓は上げた。

「教育実習、いってきます。教職は取らなきゃって、児童指導員の資格のこと調べた時にもう決めてたので」

「そっか。真弓先生勉強教えるの上手だし。教員から始めるのはいいと思う」

らしくないやさしい言葉が、松岡から真弓に渡される。

「学校は人数多いから、それはそれで大変だよー。まあそんで、いつかできると思った時に帰ってくんのもありだから」

「……はい」

きっと無意識になのだろう。松岡が帰るといってくれて、真弓は小さく頷いた。

教職を取って、それからどんな道を通って、いつかここに帰ってくるのか。帰ってくる日はこないのか。今の真弓にはまだ、少しも見えない。

その日は見えないけれど、途中にある次の岐路が、遠くにちゃんとあるのは見えた。

「やっぱりあいつが正しかったか」

ふと、松岡が独り言ちる。

「君に謝らなきゃな。ごめん。俺、八角に、おまえの考え間違ってたじゃんって……言いたかったんだよ。馬鹿だな。ほんと」

ため息を吐いて、松岡が真弓にまた頭を下げた。

何故そんなことをとは、不思議に真弓は思わない。

「俺、施設から中学高校と通って、いじめとか遭うわけ。普通に」

小さく地面を蹴って、松岡がブランコを揺らす。

「『おまえあそこからきてるってほんと?』から始まって、あーだこーだ言われたり。暴力振るわれたこともあった。こっちはさ、慣れてんだよ。また始まったな。いつ終わんのかな。そんな感じ。それが、高校の時に八角が一言」

足を地面について、その日を食み返すように松岡はブランコを止めた。

「『だったらなんなんだよ』」

八角の声で、真弓にもその言葉が聴こえた。

きっと荒立つでもなく、けれど毅然とした声で確かに八角は言ったのだろう。教室中に響き渡る声で。

「かっこいいよな、あいつ。でもできれば俺も、それ、言う側になりたかったよ」

喉が詰まったようになって、松岡の昔話に真弓に言えることなど一つも見つからない。

「みっともない話だ。だけど、高校生で八角みたいに言えるやつなかなかいない。八角はすごいし、八角は正しい。これは、間違いない。それで高校卒業する時、連絡先交換してくれって言った。道に迷ったらこいつに訊こうと思って」

そのことは、八角から真弓は聴いていた。

「あいつは、忘れてんだろうな。そんな一言」

松岡が友達でいてくれる理由がわからないと、八角は言った。

「できれば時々遊びにきて」

スイッチを切り替えるように様子を変えて、いつもの斜に構えた様子の松岡が笑う。

「いいんですか?」

「拓のためだよ。見捨てられたと思うかもしんないから。君のためを考えるなら、本当は君自身の傷が塞がるまで、怖かった場所には近寄らない方がいいんだけど」

「ここで自分を優先させたら、俺立ち直れないです」

複数家庭教師で切れるのを止める訓練に立ち会う力は確かにないけれど、「見捨てていない。忘れていない」と伝え続けることをさせてもらえるなら、それは真弓が救われる申し出だった。

「まあまあ。右腕相当やったのに、拓のために我慢し続けようとしてくれてるんだからさ」

不意に指摘されて、咄嗟に痛む場所を引いてしまう。

「バレバレだよ。ちゃんと病院で診てもらってきて。万が一何か後遺症とか残っちゃったらどうすんの。拓も君も俺も、あっちもこっちも参る話だよそんなの。国保?」

「いえ。兄の会社の保険です」

すべもなく答えた真弓に、デニムのポケットから松岡は一万円札を出して差し出した。

「レントゲン撮ったり、もっとかかったら言って。薄給なもんで、まとめて渡せなくてごめん」

「……これって、園からですか？」

受け取らず、戸惑って札を見ながら尋ねる。

「いや。俺から。きちんと診てもらわないと困る俺から。でも大騒ぎしたくない俺から」

皆まで語られて、手に載せられた一万円札を真弓は摑み直すほかなかった。

「いつもここに一万円札入れてんの」

デニムのポケットを、松岡が叩く。

「それで助かる時があるんだよ。すみませんこれで勘弁してくださいって、迎えにいって連れて帰れる時たまにある」

笑って、松岡はまたブランコを漕いだ。

「俺正しくないでしょー」

「……そうでしょうか」

「ルール違反の隠蔽だよ」

「だけど、俺と、多分拓くんが、助かります」

間違いなのかどうなのか真弓にはわからなくて、「正しくない」には頷けない。

「正しくないよ。俺、大金ほしいなーってよく思うんだよね。宝くじとか、国とかから三億円出たら。ああやってこうやって、みたいに考えるんだけど」

二か月若葉園に通った真弓には、松岡が何を言っているのかがわかった。

人が足りない。設備ももっと充実させたいだろう。たくさんの子どもたちを安全に受け入れるには、とにかく資金が必要だ。

「今みたいに、その場凌ぎのことしか思いつかないんだよね。一万円でも、三億円でも。たくさんの子どもたちを長期的に育てるみたいなことはさ、正しいやつが考えるんだよ。そういうのが、俺にとって八角なの。口惜しいけど」

松岡と一緒に、真弓もブランコを漕ぐ。

右腕に響くけれど、一緒に漕ぎたかった。

「俺も、八角さんに口惜しいって時々思ってます」

「そうなるよなあ」

「はい」

一緒にブランコを漕いで、二人して笑う。

「口惜しいとか思われて必要とされて、あいつも割に合わないな」

「本当ですね」

ブランコで軽やかに浮遊して、真弓は松岡と軽やかに笑った。

浮遊しているけれど、足が地面に着いているのがわかる。

嘘をついていないからだ。

怖いものは怖い。できないことはできない。

醜い気持ちも、持っている。

昨日大河に約束した通り、真弓は松岡にすべてを打ち明けることができた。

翌週から、春休みを理由に真弓(まゆみ)は松岡(まつおか)のシフトに合わせて家庭教師に通った。一対一の過度な親密さを、松岡がふざけたふりをして解(ほど)いてくれている。

残りの回数を惜しむ三月には、桜が綻(ほころ)び始めた。

「花見めんどくせーなー」

大通りのスーパーのイートインで、たこ焼きを食べながらグレーのスウェット姿の達也(たつや)がぼやく。

日常的に顔を合わせるのでわざわざ連絡を取り合うことのない達也が、「真弓どうしてる」

と勇太に連絡をくれたと昨日、真弓は聞かされた。

「なんで。きれいじゃん。桜」

達也の向かいで、生成り色のパーカーで真弓もたこ焼きを頬張る。

今夜は商店街主催の花見の予定の土曜日だ。

「めんどくさいわー。職場に商工会に青年団に」

真弓の隣で黒いパーカーを羽織っている勇太も、たこ焼きを突きながらぼやいた。

「町会の花見、毎年花咲いてなくね？　まだ蕾だろ」

真弓と違って社会人の勇太と達也は、義務の花見が増えている。

「三分ぐらいだよ。俺も明日野球部の花見。マネージャーだから幹事ちょうめんどくさいけど、現役で参加するの最後だし。春大会で引退することにした」

ここのところきちんと部活に行けていなかったことが既に迷惑だったと気づいて、真弓は次の大会で東宮のサポートをして現役を最後にすると決めていた。

「最後なのか」

「うん。教育実習、どっかでいかないと。母校だよ。母校の方の都合で期間決まるから、備えないとさ」

勇太や、家族には既に報告した進路を、達也にもきちんと伝える。

「先生かー。まあ、向いてんじゃね？」

「あんまり自信ないなあ。大きくしでかしちゃったばっかりだしね」

若葉園のことは、勇太から達也に話してもらっていた。自分で何度も言葉にすると、まだまだ落ち込んでしまう。

「しでかした、か。なんか、びっくりはしたけど。ああって思ったりもしたよ。俺は」

達也らしい曖昧さで、若葉園のことに触れてくれた。

「でも、今じゃねーだろー。ゆっても俺らまだまだガキだぞ」

いつもと変わらない達也の声が、けれど心配と安堵を教えてくれる。

「本当にそうだった」

たこ焼きを口に入れて、何処にも沁みないので唇が切れなくなったことに、ふと真弓は気づいた。

たった二か月なのに、食べる量が極端に減ったことで栄養が足りなくなっていたと実感する。富田の言う「生きよう」が足りなくて、皮膚からすり減っていた。

「ウオタツは覚えとんのか。ここんちのガキの頃のこと」

第二のたこ焼きを頬張りながら、勇太が尋ねる。

「俺ブルドーザーになりてえ幼稚園児だったからなあ。真弓ちゃんち大変なんだからやさしくするんだよ！　って親に言われて育ったから、自分の記憶なのかなんなのかよくわかんねえな」

きっと達也の答えは、そのまま正直なところなのだろう。

「その割にやさしくないときあったじゃん」

「あったあった。思春期なー」

中学生の頃、ほんの一時期達也は真弓と口をきかなくなった頃があった。言葉通り、意識し過ぎの思春期だったのだ。

「でもあん時はもう、いいと思ってたんじゃねえの？　ブルドーザーとしてはさ。大河兄もスーツ着てたし」

「あ、うん。そうなんだよね。なんかそういう記憶なんだよ」

最後のたこ焼きを惜しみながら飲み込んで、真弓が相槌を打つ。

「どうゆうんや」

「イメージの、大丈夫なおうちの絵みたいな感じだったのかも。お姉ちゃんは派手に働いててテレビとか出ちゃうし」

「いい出方、いっかいも！　してねえけどなあ」

いつもテンションの低い達也にしては力を込めて、注釈を入れた。

「まあでも、よくないけど有名な大人の人が家にいるわけじゃん。そんで大河兄は」

働き始めて、スーツを着てネクタイを締めている時間が増えた大河を、真弓が思い返す。

「あの時はもう、生まれる前からお父さんでしたみたいな顔してて。その前の大河兄が学生服着てたこととか忘れちゃった。すぐに」

けれどよく考えたら、初めて大河がスーツを着たのは今の自分とほとんど一つしか変わらない年齢だ。

「なんか安心したよな。大河兄スーツ着るようになって」

「うん。安心した」

家に、父親のような家族がいる。

スーツを着て、会社に出かけていく。親のように見ていてくれる。親のように振る舞ってくれる。

その頃は、その安心の大きさにさえ気づかなかった。

よその家を意識するつまらない気持ちかもしれないけれど、大切な安心に包まれていたことに、気づかなかった。

「そういえば初めて真弓に会った時、めちゃくちゃわがままなガキやなあて思うたなあ。兄ちゃんに甘えて」

「そうです。基本は伸び伸び育った」

わがままなガキと言われて口を尖(とが)らせたけれど、そう言われることは真弓にはもう、誇りに等しい。

生半可なことでは、伸び伸び育ったと言える環境ではなかった。

けれど、健やかに大人になれた。

「せやけど今はええ子やて思うとんで。おまえ、腕大丈夫ちゃうやろ」

不意に、勇太が、やっと湿布の取れた真弓の右腕を指さす。

「俺にはゆうてもええんちゃうん」

怪我に気づかれていることは、真弓にもわかっていた。

「勇太にはそのうち話す気だったのかも。俺」

湿布の匂いをさせた時には確かに言おうと思ったのに、若葉園のことや教育実習の手続きや東宮への引き継ぎで、あっという間に時間が過ぎてしまった。

「ほんまかいな」

「わかんない。あの時はだって、俺ごはん食べられてなかったんだよ？　まともな判断力なんてゼロだよ」

こんな風に怪我のことを嘘もなく大袈裟にでもなく語れていることは、何か初めての時間に感じられる。

「まあ、そらそうかもな」

わからないという真弓に、勇太も納得したようだった。

「なんだか、勇太とも、大河兄とも、自分たちの話は後でいいって……いろいろ後回しにしたけど」

「後でできるかんなあ」

呑気に言ったのは達也だ。

「本当だね」

先送りにしたらもう機会は巡らない間柄も、きっとたくさんある。

後でちゃんと話せる。拗れずに。

そう信じられていることは、お互いをきっと楽にしていた。時間の積み重ねがくれた、「後で」だ。

「後にした話あったよね。勇太」

俺の話は後でいいと、勇太が言ったことも真弓は忘れていない。

急ぐ話ではないように思えたので本当に後にしてしまったけれど、気にかかっていた。

「んー」

考えあぐねるような声を、勇太がもらす。

「ちょうどええわ。ウオタツも聞いといてくれへんか？」

「いいの？　俺なんなら帰るわよ」

「まあまあ深刻な話やけど、おってや。真弓と二人で話したら、余計深刻になってようかもしれへんから」

「まあ、だったらいるけど」

嫌がって帰らずに、いると達也は言ってくれた。

深刻になる話だと言われて真弓は身構えたが、勇太の様子がそれほど落ちては見えない。

「取引先の、材木屋のじいさんが暴力沙汰起こしてしもうてん。おかみさん怪我しはって、こないだまで入院してはった」

「それって……」

所謂DVなのかと、深刻な理由は真弓にもすぐに伝わった。

「親方がゆうとったんやけど。若い頃はそうゆう人やったそうや。けど警察呼んだりおかみさん何度も出て行きはって。商売も駄目にしそうになったりして、すっかり更生ちゅうか。おとなしなって。もう二度とやらんてみんな思とったそうやねん。五十年もおとなしかったんやて」

「それは、あれだろ。言っていいのかわかんねえけど」

普通に考えて認知症だろうと達也は言い淀み、真弓もそう思った。

身近なところではまだあまり聞かないが、日々耳に入ってくる言葉ではある。

「それが、とりあえず今はボケとるんとちゃうんやて。こう、年とって抑えられんようになることがあるみたいやなあって。親方がゆうとった」

「いくつよ」

「八十手前くらいやなあ」

恐る恐る尋ねた達也に、勇太は答えた。

「何十年も抑えられとっても、そないなことになるんやなて。怖なったわ、俺。五十年ちゅうたら半世紀やで。半世紀も先の年寄りの時に自分は絶対そないなことにならんわって、さすがに俺もゆわれへんやん」

勇太が何が怖いのかは、真弓にも、そして達也にもわかる。

二度としないと言った、勇太自身の持っていた暴力のことだ。

「もしじじいんなって俺がそないなことになったら。そん時俺のことほかしてほしいねん」

「何言ってんの」

本当に深刻にならずに勇太に言われて、驚いて反射で真弓の声が出る。

「約束しといてや。そうやないとおっかないわ」

「何十年後の話それ」

「何十年後でもや。そんな何十年も先のこと、やらへんてゆわれへんて」

仮に八十歳の時のことなら、今の自分たちからは六十年後になる。

ちゃんと真弓は考えてみたけれど、六十年後の未来には今のところ何一つ見えなかった。

けれど拓のことがあって、松岡と話して、真弓は初めて知った。

雨の日の回廊の勇太は、今目の前にいる勇太とはまるで別人で、その別人の勇太が真弓はとても怖かった。

やっと丸三年が過ぎて、あの勇太と真弓は一度も会っていない。きっと勇太も会っていない。けれどももし会うことがあると考えたら、真弓はちゃんと怖くなった。

「そんな何十年も先のこと。俺も言えないよ。何も」

以前なら今、強く別のことを言った。

勇太は絶対にそんなことにはならない。もしそんなことになっても、絶対にその時、勇太を捨てたりしない。

けれど見えないものは見えない。見えないのに言い張ったらそれは、無理をした嘘になる。

「せやなあ」

無理のない言葉に、仕方なさそうに勇太も頷いた。

「つうかおまえら、八十歳の時も一緒にいる予定なの？　羨ましいことですわ」

揶揄うというよりは呆れたように、けれど何かホッとしたような達也の声が渡される。

達也がいてくれたことも、真弓には大きかった。勇太が案じた通り、勇太と二人きりならまた別の強い感情が噴き出したかもしれない。

勇太もちゃんと、真弓をわかっている。

「何言ってんの達ちゃん。このままだと達ちゃんそんとき、こうやって俺たちとなんかしらのテーブル囲んでるよ？」

「せや。あの時そないなことゆっとったなあおまえて、わろたるわ」

「やめてちょうだいよ。あたしの奥さんは何処にいるのよ」

見えない未来なのに、それは冗談ではなくリアルに想像できて、達也は両手で自分を抱いて震えた。

「だけど六十年後とか、地球あるのかどうかも怪しいっつうの」

「そらそうや」

「そうだね」

有耶無耶（うやむや）になったというよりは、勇太の不安については「後で」となる。

その「後で」はこないかもしれないし、きたとしても恐らくは相当先だ。そんなことを今深刻に約束しても、意味などない。

「枯葉燃やすか？　真弓。第一回以降続いてねえけど」

そういえば、と達也が真弓に訊（き）いた。

「うーん」

律儀に覚えていてくれた幼なじみに、真弓が目には見えない枯れ葉を見つめる。

たくさん枯れ葉が積もった。乾いているとは言い難い、初めて見た枯れ葉たちが、けれど真弓には大切に思えた。

自分の間違いも、誰かの間違いも、ポケットに入れておきたい。

ふと、松岡がいつもポケットに札を入れていると笑ったことを、真弓は思い出した。

「連れてく」

きっと、いつかこの枯れ葉が助けてくれる日がある。

真弓のことも。

真弓の隣にいる、勇太のことも。

まだ見ぬ誰かの、ことも。

春彼岸の入りに、木村生花店で花を買って、真弓は大河に連れられて鐘ケ淵にある両親の菩提寺に墓参りに行った。

帯刀家と刻まれた新しくはない墓の前に屈んで、束になっている線香に風を避けて火をつける大河が、その作業にすっかり慣れている。

もともと左右対称に作られた花束を飾って墓石に水をかけて、屈んだまま二人で目を閉じて手を合わせた。

子どもの頃は、盆には兄弟全員で墓参りにきた。けれど段々とそれぞれが忙しくなって、行ける者だけでとなっていったが、一番忙しいはずの大河は必ず墓参りにいく。

幼い頃から真弓は、こうして目を閉じて手を合わせている間、所在ない気持ちでいた。いつまで手を合わせていたらいいのかわからない。一番最初に拝むのをやめたらばつが悪い。時々薄目を開けて、姉や兄たちはどうしているのか見て、また目を閉じたりしていた。

何を拝んだらいいのか、誰に拝んだらいいのかよくわからなかった。けれど両親を思っている兄たちの邪魔はしたくなかった。

少し、退屈でもあった。

「こういう時のために墓ってあんのかもな」

そんなことを思い出していたら、いつの間にか立ち上がっていた大河が、腰を伸ばしながら言った。

「そうかも」

倣(なら)って真弓も立ち上がって、両手で伸びをする。

子どもの頃と違って今日は、若葉園のこと、教員を目指すことを、両親に報告した。

教育実習に行くことを大河に話した日に、彼岸にでも墓参りにいこうと言われて約束したのだ。

鐘ヶ淵は寺の多い町だ。竜頭町(りゅうずちょう)からは歩いて三十分もかからないので、いつもみんなで家から寺までを騒ぎながら歩いた。

この寺は古くて広い。春彼岸なので、他にも墓参りにきている家がちらほらとあった。

大河が言ったこんな時がどんな時なのか、真弓にはちゃんとわかっているわけではない。

けれど不思議に静かな気持ちで、墓を離れて普段着の大河と並んで歩いた。

「改めて見ると、立派なお墓だね」

水桶を返す前にふと墓を振り返って、今更そんなことに気づく。

「急なことだったからな。父方の、じいちゃんばあちゃんの墓っていうか、ご先祖の墓に入れてもらったんだ。本当は家を出てるから新しく建てるもんらしいんだけど、とてもじゃないけどなあ」

菩提寺の僧侶が遠くに見えて、大河は会釈をした。

「いろいろ、配慮してもらったみたいだ。その辺のことは父さんの兄弟がやってくれてるから、俺も経緯ははっきりわからないな。もともと父さんと母さんと墓参りにきてた、じいちゃんばあちゃんの墓なんだよ」

「あんまり考えたことなかったけど、おじいちゃんとおばあちゃんも亡くなるの早かった？」

自分の記憶には祖父母というものがおらず、違和感もなかったので真弓は初めて大河に尋ねた。

「今考えると少し早かったけど、父さんが遅い子どもだったから年寄りではあったよ。こういう言い方したら申し訳ないが、じいちゃんばあちゃんが生きてたらそれはそれで大変だっただろうな。自分の子どもに先に逝かれたら辛いだろうから、感情的になった。きっと」

そうすると、伯父や叔母だけの状態よりも、遺された子どもたちを引き取るという話が現実的になったのは、今の真弓なら想像ができた。

「隅田川沿い歩くか」

寺を出て、隅田川の方を大河が指さす。

「うん」

高校を卒業して、近いのにあまり歩くことがなくなった隅田川に、真弓は大河の隣を歩きながら足を向けた。

程なく隅田川が見えると、連休なので小さな子どもを連れている親子連れが多い。川端は公園のようになっている箇所があって、真弓も随分大きくなるまでそこで遊んだ。

だいたいは大河が連れてきてくれた。明信と丈と出かけて、遊んでいる丈と真弓を、本を読みながら明信が見ていてくれたことも多い。

子犬だったバースは元気で、バースの散歩をしながらはしゃいで走り回った。

それが、真弓の記憶だ。

「なあ」

家族連れを眺めながら傾いてきた日が反射する川面に、大河が目を細める。

「若葉園のこと。もしこれから先、またこういうことをおまえがやっちまったとして。またかって思われたくなくても、絶対に手放すなよ」

「なにを?」

主語が見えなくて、川面の金色の反射に手でひさしを作りながら、真弓は尋ねた。

「助けてって叫ぶ力だ。俺にでもいい。勇太にでもいい。八角さんでも、とにかく誰かに助けてって言え。必ず」

うんと、すぐに答えたいけれど、真弓には気持ちにかかることがある。

僅かな風が吹いて、水面を浚った冷たさに頰を撫でられた。

満開を過ぎた桜の花びらが、目の前を舞う。

「大河兄は?」

白い花びらの美しさに力を借りて、真弓は尋ねた。

「助けてって、言えなかったでしょう? なのに俺、ずっと甘えてばっかりで」

「おまえがいたから、やってこれたんだ。それは間違いないよ」

その言葉はずっと、真弓に与えられてきた言葉だ。そして鵜呑みにしていた。

小さいおまえがいたから、自分も、自分たちも頑張れた。家族がバラバラにならずに済んだ。

それが自分の役割なのだと、真弓は驕っていた。

「大河兄」

尋ねるのは少し怖い。

「大きくなってから、気になり始めたけど俺、ちゃんと訊けなかった。お父さんとお母さん……いなくなっちゃった時、いくつだった？」

死んだ時。亡くなった時。どちらも声にならなくて、別の言葉で真弓は訊いた。

「おまえは四つだな。保育園入れるとこで」

「違う」

きっと、大河もそれを真弓にちゃんと答えたくない。

「大河兄、いくつだった？」

数えればわかることだ。三桁の割り算よりずっと簡単な、引き算や足し算でわかることだ。けれど、三桁の割り算よりも、大河も真弓もその数字を声にするのは難しい。

「十三」

苦笑して、大河は言った。

わかっていたことなのにそれを兄の口から聞くと、真弓は胸が冷える思いがした。

「中一だった。姉貴が中学卒業してたから……まともに通ってたかどうか怪しいけどな。だけど義務教育の年齢は終わってたから。タイミングよかったな。今思えば」

「タイミング？」

「姉貴がどんだけ無茶苦茶でも、一人も義務教育終わってなかったら無理だろ。一人ずつなら引き取れるって、伯父さんや叔母さんに言われたんだ。葬式の時には、随分遠くからきてた親戚もその中にいた。だから姉貴が中学終わってなかったら、俺たちはバラバラになってた」

大河が十三歳だったと改めて聞いても、それでもバラバラになったかもしれないという言葉に真弓は目の前が真っ暗になった。

誰が何処にいくことになったかもわからない。随分遠くというのは、東京を離れる兄弟もいたということだろう。

その申し出を振り切ったからこそ、親戚付き合いは極端に減った。志麻が怒って追い返したとは何度も聞いているし、真弓も覚えている。若い頃の志麻は、大きな事件を何度も起こしていた。その志麻の勢いには、大人もたじろいだのかもしれない。

「大河兄は」

「俺は、姉貴に感謝してる。バラバラになった方がいいと思ったことは一度もない。一度もだ」

迷いなく淀みなく、真弓の問いを待たずに大河は言った。

用意していた言葉のようにも聞こえなかった。

唇を噛みしめて、「ありがとう」と真弓はつま先を見た。

「ちなみに明信が大人気だった」

「それはそうだよね」

ふざけた大河に合わせて、真弓も笑う。

「おまえだけでもって言葉も、何べんも聞いたよ。まだ四歳だ。家族のことも簡単に忘れられる年頃だから、一番下の子だけでもって。姉貴はおまえのこと連れていなくなっちまったりして、親戚も肝冷やしてな」

「お姉ちゃん」

まだ十代だった志麻の滅茶苦茶には、感謝の前に二人して噴き出した。

「文子(ふみこ)おばさんは、結構よくきてくれてたね」

きっと志麻のあまりの勢いに縁遠くなった親戚の中でも、一人こまめに顔をだしていた叔母を真弓が思う。

「そうだな。文子おばさんは母さんの妹で、嫁ぎ先がそう遠くないから」

「どこだったっけ?」

遊びに行ったこともないので、真弓は家にやってくる文子しか知らない。

「練馬(ねりま)だ」

「遠くない?　竜頭町の商店街で買い物してなかった?」

「それ、ほとんどうちに置いてってただろ」

困ったように、大河は笑った。

同じ都内でも、真弓はよほどの用事がなければ練馬までは足を伸ばさない。気軽に寄っている風情で、文子はわざわざ電車を乗り換えてきてくれていたのだ。

姉の遺した子どもたち。真弓からしたら、志麻の、大河の、明信の、丈の子どもということになる。

「文子おばさんからしたら、お姉さんの遺した子どもたちだもんな。俺たちだってもし、兄弟の子どもが俺たちみたいにしてたら。ああなるなあ」

今真弓もした想像を、大河は初めてしたようだった。

文子はいつも何か、総菜をタッパーに入れて山ほど持ってきてくれた。

秀と勇太が一緒に住むようになった頃から、文子の足は遠のいている。

――俺はこいつと同級生やで、おばはん。背丈もそんなに変わらん。真弓は特別ガラが小さい訳やないで。

きっと、同じような思いをしてきた勇太が、まだ仲がいいとは言えなかった真弓の隣に立って文子に言った。

もしかしたらあの時、文子はやっと安堵したのかもしれない。

兄弟が全員、きちんと育ったことを見届け終えてくれたのかもしれない。

「俺、文子おばさんがくるの嫌だった。いつも」

若葉園に通う中で、繰り返し真弓に聴こえていた大人の言葉は、文子の言葉だった。

繰り返し繰り返し聴こえた。

こんなに痩せぎすで。この子に食べさせてるの。ちゃんと食べさせてるの。

子どもたちを、拓を目の前にしたら、嫌で嫌でたまらなかった文子の言葉の意味が、変わっていった。

「俺が、嫌だったからな。今思うと申し訳なかったよ」

「文子おばさん帰ると、落ち込んでたね」

「いつおまえのこと連れてくんだろうって、ずっと不安だった。勤め始める前は特にな」

「俺はよくわかってなくて。文子おばさんの前では一生懸命いい子にしなきゃっていい子にしてたんだけど。なんか、嫌だった」

そうだった。大河が、文子がくるととても辛そうだった。

家の中のこと、弟たちのこと、何が足りないのかと焦り始めた。文子がくるとしばらく大河は、「もっと食べろ」と神経質に言い続けた。

また兄が自分を追い詰めてしまう。真弓にはそれがとても辛かった。

「俺、今度文子おばさんに会いに行ってくる。大学生になりました。野球部のマネージャーやって、教員目指してますって。報告してくる」

「それがいい」

ふと立ち止まって、大河が隣の真弓の肩を見る。

「身長、何センチになった」

「百七十、二！」

「はは。その、二がでかいんだな」

「でかいよ」

「……嘘みたいだ」

ぼんやりと、独り言のように大河が呟いた。

今初めて真弓の身長を知ったように、いつまでも肩の高さを見つめている。

「きっと……大河兄が十三歳の時より俺、今大きいよね」

「そうだな」

父親と小さな男の子が、ボールを投げ合って遊んでいるのが視界に入る。

今並んでいる真弓と大河が、繰り返してきた光景だ。

「なのに俺、たった十三歳の大河兄にしがみついて」

「しがみついたのに、俺は振り払ったこともあった」

その頃を見るように呟いた真弓に、同じ景色を見て大河が息を吐く。

「俺が、ちゃんと話すの避けてきた。おまえが覚えてるほど、思ってくれてるほど俺はちゃんとおまえのこと守ってねえよ」

少し、大河が緊張したことが真弓にも伝わった。

もうすっかり治ったはずの背中の傷が、一瞬疼く。

けれどその傷は自分のせいだ。その頃確かに荒れて外に出て行くことの多かった大河の気を引きたくて、危ないとわかっていて七歳の真弓は知らない男についていった。

「俺のせいだよ。俺が自分であの人についてってったんだよ。大河兄のせいじゃないよ」

何度も兄に伝えてきたことのようでいて、このことを二人の間できちんと話せたことはないに等しい。

「おまえ、若葉園の子どもたちと接するようになってどのくらいになる？」

「十二月からだから、丸三か月過ぎた」

「そこにいる子に、同じこと言えるか？　七歳じゃなくても」

丁寧に、大河は真弓に問うた。

自分を責めるだけでなく、真弓の言い分を咎めるのでもなく、これから先このことをどう思うのかを、訊いた。

呼吸をして、真弓は目の前を見た。

見慣れた隅田川、川辺には花が咲いて、見知らぬ人々が遊んでいる。幼い子どもも多い。その子たちには必ず、大人の目がある。

「俺が、自分でついてったのは本当だよ」

今、ここでどう答えるのか。それは、今までの時間から次の角を曲がる、大切な導だ。

間違えたとしても、嘘のない言葉を声にしたい。

自分と兄が、これから先生きていく時間のために。

「七歳の俺が、子どもの考えで大河兄の気を引こうとして知らない人についてった。大河兄はいくつだった？」

「十六だな。バイクで自爆して、留年した年だ」

ああ、だからだと、そのことも真弓は今更知った。

大河と高校の同級生だった秀が、勇太を連れて京都から竜頭町にやってくるまで。真弓は大好きな兄が高校を一年留年していることをまったく知らなかった。

自分が神社で変質者に背中を切りつけられたのと、同じ年だ。大河のバイクの事故は、真弓の事件の後だったのではないだろうか。

「施設で守られるのは、十八歳までなんだ」

「まあ、そのくらいだろうな」

最初にこの年齢を聞いた時に、真弓は震えるほど驚いた。けれど大河は、動揺していない。

「十六歳の子も……高校生の子も、守られてる。守られなきゃいけないんだよ」

自分が高校生だったのはたった三年前なのに、真弓は若葉園で話す高校生が小さな子どものように見えていた。

「俺の背中の傷、俺も、大河兄も悪くない」

丈の声が、また、聴こえた。

——そうだな。ちゃんと、ガキの頃に教えて欲しかったな。

「七歳と十六歳だよ。絶対、悪くない」

子どもの頃にはできなかったけれど、今からでも教え合える。

「真弓」

兄の声が、聞いたことがないほど痩せるのを、真弓は黙って受け止めた。

「おまえはきっと、いい先生になる」

それだけ言って、大河が真弓の髪をくしゃくしゃにする。

渡した言葉は、そう簡単に大河が持ち続けている罪科を溶かさないのかもしれないと、真弓は思った。

長く重く、大河が抱いてきた罪の重荷だ。

悪くないと今真弓が一言言って、それが簡単に届くような年月ではなかった。

「……がんばる」

だったらまた、伝えようと、真弓は決めた。

「後に」できる。大河と真弓は、何年かかっても間違えば紡ぎ直せる。

いつか大河に、その重荷を下ろしてほしい。

「十八歳で社会に出るって、若葉園で聞いた時俺」

今、一つ兄に渡そうと真弓は思った。

「十八歳で社会に出たら、俺どうなってたんだろうって思った。俺はそういう、一人で生きてくなんて考えられない。甘えた十八歳だったよ」

「……高校卒業したら同棲しようって言ったら、おまえに泣いて断られたって勇太言ってたっけな」

何を思い出したのか、大河が笑う。

「泣いてなんか……泣いたかも」

そんな会話を勇太とした記憶はあって、真弓は口を尖らせた。

まだ大河兄といたい。明ちゃんといたい。丈兄といたい。秀と。バースと離れたくない。あの家から出るなんて考えられない。

いつだっただろう。まるで幼子のような言葉を、真弓は確かに恋人に向けた。

「先生になったら、勇太と暮らすのか」

改めて訊かれてこなかったことを、大河が言葉にする。

「うん」

穏やかに、真弓は頷いた。

ゆっくりと二人は、見慣れた隅田川の傍を歩いた。遊んでいた家族連れも日の傾きとともに、段々と家路に向かっていく。

「でも、勇太の職場町内だし。俺も教員採用試験遠くで受けるつもりないから。言ってもすごい近くに住むと思うけどね」

「まあ、そうなるだろうな」

日常と変わらないようでいて、一歩踏み出した景色の中で笑った。

「いつでもメシ食いに帰ってこい」

「まだ一年先だし、ごはん作るの秀じゃん」

子どもっぽいやり取りを、二人して惜しむ。

夕暮れの作る足元から伸びる影が、けれどもう誰も子どもではないことを教えていた。


「俺最初のお給料入ったら、絶対八角（やすみ）さんにごはん奢（おご）らせてくださいね」

少しゆっくり話したいからと、いつもの大学近くの定食屋ではなく後楽園（こうらくえん）ホール近くの洋食屋に誘われて、あまりにもおいしいオムライスをごちそうになって真弓（まゆみ）は言った。

「給料入って最初は、お兄さんたちだろ」

イベントの仕事帰りの八角は、プロ野球のオフシーズンが終わったのでしばらく出張が増えるという話だった。

「確かに」

「俺はボーナスで派手に奢ってもらうことにしよう」

「教育実習も教員採用試験もがんばんなきゃ。俺」

もう大学四年生の四月は目の前なので、なんとなくとっていた教職を本気で詰めていくのはかなりの努力が必要だ。

「春大会で終わりか」

「はい。八角さんや大越さんみたいにはいきませんでした。これから教職本腰で。だけど東宮はもう、一人でできます。俺は先輩マネとして至りませんでしたけど、八角さんがいてくれたからしっかりしました」

「それは……少しは手伝ったかもしれないが。あのなあ帯刀。見たまんま、額面通りじゃないぞ。人なんて」

告げられたことの意味が真弓にはわからなくて、首を傾げながら運ばれてきた食後のコーヒーに砂糖を入れる。

「おまえと東宮は、最初が悪かった。だけどその後、おまえだって頑張って東宮の面倒見ただろう?」

「そのつもりではいましたが……」

「東宮号泣したの、俺も覚えてるよ。最初があれだったら、もう今の関係性に持ってこれただ

けで本当におまえはよくやったよ。東宮が俺を信頼してるのも同じだ。最初に助けてくれた人だからだよ」

もうコーヒーを飲んでいる八角の説明を聞いて、それは図々しいけれど真弓にとっても腑に落ちる話だった。

「人って結構、そういう適当なもんだぞ。あんまりくよくよするなよ」

そう言われると、真弓が就職活動を始めるに当たって最も自信を失ったのが東宮の信頼を得られていないと知ったからなので、八角には申し訳ないが逆に落ち込んだ。

「もうちょっと早く聞きたかったです。それ」

「なんだ。そんなに気にしてたのか?」

「実は気にしてました。俺頑張って東宮育てたつもりだったのになあって。でも」

けれど振り返ると、そこで自分の不足を思い知ったのは、自信過剰だった自分の鼻を最初に軽く折ってくれた出来事でもある。

「うん。東宮、懐いてくれてますね。そうだった。あんなに泣かせたのに」

「そんな適当なもんだぞってのは、俺の話だ。最近痛感したよ。俺はわかんないのにわかったような顔してるだけだった」

「なんで、そんなこと言うんですか」

若葉園のことは、とうに八角に報告してあった。

大事な命綱を八角からたくさんもらったのに使わなかった自分を、真弓は今も責める気持ちがある。

「この間松岡から連絡あって、おまえのこと謝られた。それで、なんで松岡が俺を頼りに思ってくれてるのかを聴いたんだ」

「……俺も、聴きました」

誰が聞いても、高校生の八角が立派だったという話だ。

けれど八角の声が細ったわけが、真弓はわかるような気がした。

手にしていたコーヒーを、八角がテーブルに置く。何か言おうとして、咄嗟にというように、八角は肘をついて両手で顔を覆った。

「全然、覚えてないんだ。俺、そのこと」

松岡が頼りに思ってくれたきっかけを、すっかり忘れている自分を、八角は叱咤している。

「……そのくらい、八角さんにとって当たり前のことだったたってことじゃないですか。それってすごいと、思いますけど」

半分は、真弓にはそれは本心だった。

けれど半分には、松岡の痛みに共鳴する心が残っている。

「俺はそうは思えない」

きっぱりと、八角は己を断罪した。

手を下ろして厳しい顔のままでいる八角は、真弓の信頼している、よく知っている先輩だ。

「おまえが教職に本気出してくれてよかった。おまえのことうちの会社に誘ったから、話さなきゃならないと思ってたことがあって。でも退路を断って話すから、覚えといてくれ。俺、今の仕事近いうち辞めるよ」

突然八角からの報告を受けて、真弓はただ目を丸くした。

「大越が、内側から是正するなんて言って省庁入って。あいつ結局、人の上に立ちがちだからな。一から始めるったって、じれったくてしょうがないそうだ」

「人の上に立ちがちですね。大越さんは」

その大越像については異論はまったくなく、八角の表現に少し頬を緩めて笑う。

「三十前に足場固めて、一人でやるってさ」

「え」

「そう。マジで総理大臣になるって言ってるよ。あいつ、いつの日か」

「わー。総理大臣の上にマジでってつくとわけわかんないですね」

そのいつかがどのくらい遠いいつかなのかは真弓には想像もつかなかったが、総理大臣とまではいかなくても大越が何者かになるのは非現実的な未来ではなかった。

「だよな。そこを目指しつつ、みたいなもんになるんだと。で、俺を雇いたいそうだ。まさかこんなことになるとはなあ」

やれやれと言わないのが不思議なくらいの苦笑で、八角はまだ困っている様子だ。

けれど今退路を断つと言ったのだから、散々に大越と話し合った末に結論は既に出ているということなのだろう。

いつか、八角が社会の方を向いた仕事をする。

それは八角を少ししか知らない勇太でさえ、想像していた。そういう仕事をするのは八角のような人間だと、松岡も言っていた。

もしかしたら八角を踏ん切らせたのは、松岡なのかもしれない。

両手で顔を覆った強い悔恨は、真弓の知らない八角の姿だった。

「俺、八角さんのイベント会社好きです。夢のある仕事だし、八角さんはきっと……俺の知らないことも呑んで仕事してるんだって思ってます」

「清濁併(あわ)せ呑んでるよ。まさに」

「だけど八角さんには、大越さんの暴走を止めるという義務が……」

「おーい」

深刻そうにしていた八角が、やっと笑う。

「俺、八角さんに助けられました。八角さんがいなかったら、社会に出ていけなかった」

かもしれないのではない。これは間違いなく断言できることだった。

――これから先新しい人間関係を築くときに、気にするなって言ったって背中のことは……

おまえには重荷だと思う。だから、在学中は俺も目を配るし、大越も知ってることだ。

一言で、一日でどうにかなることではなかった。

――そういう中で、おまえが背中のこととどうつきあって集団の中で過ごすか、試してみたらどうだ。

三年間、多少荒っぽいところもある野球部で集団生活ができた。

――耐えられないようなことがあったら、すぐに辞めていい。卒業しても、相談には乗るよ。OBはでかい顔するもんだから。

最初に約束してくれた通り、最後まで八角は真弓から目を離さずに併走してくれた。

「ありがとうございました」

不意に泣いてしまいそうになって、慌てて真弓は頭を下げた。

「春大会まで、見守るよ。礼はまだ早い」

――何かあったら、すぐに俺に言ってくれ。

三年前の約束を、八角は果たそうとしてくれている。

「俺」

大越と一緒に、八角は、松岡や真弓に託されたものをきっと、形にしてくれる。

「大越さんとの新しい仕事、応援します。八角さんにそういう力があるの、俺知ってるから」

できれば八角みたいなやつに頼みたいと、松岡が言っていた理由が今、真弓に伝わった。

「健やかさ、なんだと思います」

それが八角の持っている、大きな力だ。

いつか追いつきたいという思いはあるけれど、急がない。

「ありがとうな」

「俺の台詞ですよ」

今はただその健やかな人に助けられた奇跡に、真弓は感謝した。

あと少しで三月が終わる、桜もすっかり散った日曜日の夜。

竜頭町三丁目帯刀家の居間では、魚屋魚藤の一人息子達也が普通に夕飯を食べていた。

飯台を、大河、明信、秀、勇太、真弓で囲んで、達也は普段丈が座っている場所で黙々と真鯛を食んでいる。

お頭をよく煮て冷ましたものを、縁側でバースが舐めていた。

「大きいね。この鯛」

真ん中にでんと置かれた真鯛の塩焼きを、真弓もつつく。

「グリルに入らなかったから、網で裏表焼いた。お刺身でも食べられるって聞いたんだけど、捌く自信がなくて」

白い割烹着姿の秀は、大きな真鯛を思い切って丸ごと塩焼きにしたようだ。

「そんな新鮮な真鯛なら、明日売ってもいいんじゃないの？　おいしいけど。ありがたいけど」

「いや。これ普段店で扱わねえ大きさのを仕入れたんだけど、キャンセルになったんだってさ。事情は知らねえけど、お祝い事がなくなったんだってよ」

不思議に思って尋ねた真弓に、白いご飯を飲み込んで達也が肩を竦める。

「えー」

反射で出た真弓の声には、こんな大きな真鯛をキャンセルした人への非難が滲んでしまった。

「代金はどないしたん？　ちゃんともろたん？」

そこのところは見過ごせないと、勇太も尋ねる。

大河と秀と明信は、「いったいこの真鯛のお値段は……」と箸が止まっていた。

「払うとは言ってくれたらしいけど。親父が言うには、知らない人じゃねえし。こんだけの真鯛使おうと思ってた祝い事なくなったってことは、よっぽど事情があるんだから理由も聞かねえし代金も貰わねえって。うちで食うから大丈夫ですよ！　つってんのは昨日聞こえた」

「人情過ぎない？」

気前が良すぎると、口の中に広がる鯛の甘みに真弓の箸も止まる。

「俺もそう思うよ。まあ、お袋が言うにはこういうことは後でちゃんと返ってくるんだと」

「それはわからなくもないけどな。うちはありがたいばっかりだが」

せめてと大河が、達也の前にあるコップに瓶からビールを注いだ。

「わかんなくもねえんだ？　大河兄。俺それ返ってくるとこ目撃したことねえからさ。親父みたいにやれるようになる気がしねえわ」

キャンセルよりも両親の態度についていけていないのか、達也が肩を竦める。

「達坊が後を継ぐ頃には、またお客さんとか状況とか変わるんじゃないかな。龍ちゃん見てると、ずっと同じようにやってるって言ってるけど。いろいろやり方が少しずつ変わってるよ」

「明兄ちゃん。俺一生達坊なの？」

笑った達也に、気遣いの人のはずの明信は、何故だかその呼び方を変えようとする様子はなかった。

いつだったか達也がふと、帯刀家の兄弟の中で明信のことだけ「明兄ちゃん」と呼んでいるのは、少し距離があるからかもしれないと真弓に言ったことがあった。

機微の細かい明信だから、達也自身が気づく前からその距離に気づいて、やわらかく間を少し詰めているのかもしれない。

「まあでも、俺たちの仕事もそうだな。ずっと同じようにしてると、ある日それじゃ立ちいかなくなったりするもんだ」

「そうなの？」

明信に同意した大河に、キョトンとして秀が尋ねた。

「おまえはいいよ。それはこちらで考えることです。阿蘇芳先生」

「そうですか。わかりました」

秀にはまったくわからない話のようで、それ以上追及する気はないようだ。

「俺、そのうち達ちゃんのお父さんとお母さんとか、大河兄とか明ちゃんの言ってることわかるようになるのかな？」

秀ほどではないがあまり実感できない話が目の前で展開して、一年後に社会に出る予定の真弓が不安になる。

「全部はわかんねえよ。俺だって」

不安になる必要はないと、大河が肩を竦めた。

「そもそも俺は、親父とお袋みたいにできる自信がねえって話してんだぞ？」

「おまえまだ継いでへんやん。魚藤」

「うーん」

唸った達也が、何か考え始めているのが全員に伝わる。

けれどきっとその日は達也が決めることなので、誰も口を挟まず、ただ真鯛をありがたくいただいた。

「あれ？」

おいしい真鯛が六人がかりでどんどん減っていく中、一人の不在に真弓が辺りを見回す。

「俺、自分のことでいっぱいいっぱいだったけど、丈兄ここんとこあんまりいなくなかった？」

今日だけでなく、最近丈と夕飯が一緒になっていないと、やっといっぱいいっぱいではなくなったのでようやく気づいた。

「丈兄、今うちにいるよ」

思いもかけないことを、達也に告げられる。

「そんで、おまえはこの真鯛持ってあっちで夕飯貰ってこいって言われて、俺は今ここで夕飯食ってるわけ」

達也が一緒に食卓を囲んでいるのはそんなに珍しいことではないので、いきさつがあることなど真弓はまったく想像していなかった。

「そうか」

息を吐いて、ふと大河が箸を置く。

「達也の親父さんが先だな」

「なんのこと?」

尋ねた真弓に、「次が俺たちだ」と大河は笑った。

「不思議だな。俺はその話、早く聴きたかったはずなんだが」

空いた大河のコップに、達也がビールを注ぐ。

「その日がきたか。寂しいもんだな」

「な」

事情を知っているらしき達也と、大河だけがわかりあってビールが入ったコップを合わせた。

「ただいまー」

残りの四人はわけがわからず置いてけぼりになって、その日がなんの日なのか問おうとしたところに丁度、玄関から丈の声が響く。

いつもと同じ勢いで家に上がって、突き当たりの洗面所で手を洗って嗽をして、丈は居間に入ってきた。

「おお、でけえ真鯛」

「丈くんのごはん、よそうね」

「サンキュ、秀。でもオレ、達也んちでたらふくごちそうになってきたんだ。ビールも」

腹を叩いて、丈が笑う。

そして飯台にはつかずに、居間の戸口のそばで正座した。

「家が後になってごめん。でも魚藤の親爺さん、俺の後援会の会長だから。筋としては最初にご報告してきた」

随分改まった言い方を丈がするのに、全員の手が止まる。

「アジア王者とのタイトルマッチ決まった。すげえボクサーなんだ。でかすぎる花道、つけてもらった」

明信以外はプロボクサーとしての丈の試合を観てきているので、丈が何を言っているのかがわかった。

ここのところ大きな試合のなかった丈が、アジアチャンピオンと対戦する。

「勝っても負けても、そこで引退することに決めた。その先はジムで、後進の指導やっていきます」

その報告には、真弓だけでなく、大河と達也以外の皆が驚く。

丈はまだ二十五歳だ。素人目線だとしても、早いと感じられた。

「今までたくさん応援してもらって、ありがとうございました！」

きっと、魚藤で挨拶したように、畳に両手をついて丈は頭を下げた。

呆然とする真弓の隣で、勇太が手を叩き始めた。

その拍手につられて、全員で大きな拍手で、丈の引退を受け止める。

「ありがとな。たくさん心配もかけて、すみませんでした」

「思ったより、早かったな。引退。その大きな試合が終わってから言うことだが、よく頑張ったよ」

きっと、心からの言葉を大河が丈にかける。

「オレ」

顔を上げて、もの言いたげに丈は、大河を見ていた。

「兄貴。上手く話せるかオレ自信ねえけど。兄貴はすげえ立派に、父親代わりやってくれたみてえだ」

「え？」

不意にそんなことを言われて、大河がたじろぐ。

「オレ、プロになって思い知ったけど、悔しいけどオレはそんなに強いボクサーじゃない。リーチもある。体格にも恵まれてる。だけど近頃では、勝てない相手ってのが向き合った瞬間にわかるようになった」

話し始めた丈の表情が晴れていて、それで皆、行先のわからない話を安心して聴けていた。

「本気で腹空かしたことのあるやつには、勝てない」

潔い声が、居間の食卓に落ちる。

「ハングリー精神が、足りねえんだ。オレ。それはさ、小学生で両親いなくなって。明ちゃんが一生懸命、メシ作ってくれて。よそんちよりはうちは大変だったはずだよ。だけど」

小学生、と言ってから丈は、それは自分のことだと気づいたように、大河を見た。

「姉貴と兄貴、いくつだった？」

真弓が尋ねた時と同じに、少し息を詰めて丈が問う。

「……中学生だ。俺は。姉貴は中学を卒業してたな」

十三歳と、真弓に答えたように大河は言わなかった。

十三歳の時には、大河もまるでわからなかっただろう。未来に、その年齢を告げられた弟がどんな顔をするのかを。

真弓の気持ちを見てしまったのできっと、大河は丈に、中学生と言い直した。

「なんか、もっと大人のお兄さんだと思ってたなあ。オレ本当にバカ……いや」

自分のことをバカと言いかけて、ハッとしたように明信を見て丈が首を振る。

「オレはガキだった。ありがとな、兄貴。ごめんな」

「なんだよそれ」

礼を言ってそして謝ってしまう丈の気持ちは、大河が受け流そうとしてもここにいる全員が知っていた。

「外国の選手とか、何十人もの家族親戚の生活背負ってたりするんだ。理屈じゃねえんだよ。勝てねえんだ。まあそりゃ、才能も足りねえのかもしんねえけど」

勝てないという話なのに、丈の声はひたすらに澄んでいた。

「腹減った腹減ったって、言ってたガキだった。だけどオレは、本当には飢えないで育った。この家で」

そう言って丈が、居間を、天井を見渡す。

ありがとうございましたと、もう一度小さく言った声が不意に、震えた。

「まだ早いよ。丈。最後の試合もある。ジムも、続けていくんだろ」

しっかりと張った大河の声もまた、いつもとは違って遠くから呼びかけるように聴こえる。

「うん」

大きく頷いて、丈は破顔した。

「前に話した、先輩の忘れ形見の丈瑠(たける)がボクサーになりたがってるんだ。どうしてもボクシングやりたいなら、オレは見守ろうと思う。だけど、オレと同じ、勝てねえボクサーになってほしい。それを見守りたい。守る」

「そっか」

言い切った丈に、大河が頷く。

ここのところ夕飯時に見かけなかった丈は、最後の試合のことで忙しかったのかもしれない。

そしてきっと、丈瑠を守ることをしっかりと決めていたのだろう。

「とりあえず自分の始末つけてからだから、最後の試合何も考えねえで力いっぱいやって。丈瑠にもその姿見てもらうよ。怖いんだってことは、わかってもらいたい」

その言葉に、必ず肩を揺らす人を真っ先に丈は見た。

「だから明ちゃんはこない方がいい」

真摯（しんし）に言われて、明信はすぐには答えられずにいる。

沈黙が、居間に降りた。

こういう時明信はいつも、自分の気持ちを外側に置いてこの場のためにすぐに返事をしてきた。

けれど今日の明信は長く、自分と、丈のために考えていた。

「その時、考えさせて」

それがきっと、今の明信の精一杯だ。

「うん」

丈も精一杯笑って頷く。

「そんでオレ、引退したあと、この家出てくと思う」

頭を掻（か）いて丈から続けられたその言葉には、全員が目を丸くした。

けれど今、丈瑠という先輩の遺児を見守っていくと丈が言ったことを、すぐに皆が思い出す。

「なんだよ、モテないブラザーズ解散かー？」

笑って達也が、丈を揶揄った。

「解散したいだろ。達也だって」

揶揄いに丈は、笑顔で返す。

——おれがいちばんのおとーとっていえ！

愛らしい丈瑠の言葉を、真弓はよく覚えていた。

きっと、あの男の子のお父さんに、兄はなる。

やわらかい頃に父親を亡くしたあの子の、まだやわらかい時を、丈が父親として守っていく。

唇をぎゅっと閉じて、思い切り真弓は笑った。

泣くまい。

幸せだからといって、泣くまい。

健やかな丈の選択を、涙で濡らしたりはしない。

「なんか、大事な時にあまりいらんなくてごめんな。真弓」

ふと、丈がその真弓をまっすぐに見た。

「ううん」

少し大きすぎる声で答える。

「いっぱい助けられた」

大きな角を曲がる中で、大きな迷いに揺れながら、真弓は何度も、丈の声を聞いていた。

——ちゃんと、ガキの頃に教えて欲しかったな。

誰にも教えられなかったから、悲しみが残ったと、丈は言っていた。明信と二人で、お互いが自分が悪いのだと間違えて泣いたと、話してくれた。

「どうやって」

なんでなんでと、丈が笑う。

素直に語られた幼い丈の悲しみと、それを歪(ゆが)まずに抱えてきた丈の健やかさに、そばにいなくても真弓は何度も助けられた。

「どうやってでも。これからもいっぱい、助けられる」

そうして助けられた手がまた、誰かを助けられる日もあるのかもしれない。

大きな手で丈は、これからきっとあの子の手を引いていく。

「連れてこいよ」

「いつでも帰ってきてね」

恋人がいるなら紹介しろと言った大河の声と、その先のことを願った秀の言葉が重なる。

「気い早いわ。秀」

息子が秀を叱って、皆が笑った。

ゆるやかに動いていく時を惜しんでも、引き留めようとする者はいなかった。

今日拓と一緒に覚える漢字は、「護」だった。

「『護』で、長い文章作ろう」

拓の小学校の始業式を目前にした四月に入った日に、松岡に見守られながら真弓は最後の家庭教師を終えようとしていた。

食堂から富田も、時々「カレーおいしいよ」と声をかけてくれている。

特別なことはしない方がいいというのが松岡からの提案で、いつも通りに漢字から始めて算数をやって、また漢字に戻った。

「目標のところに辿り着けたね」

「……俺、別に目標にしてねーよ」

「護」は、画数順で五年生で習う最後の漢字だ。二十画は、この一文字しかない。ここまで辿り着けば漢字だけは同級生と同じスタートが切れるという、自信にしてほしくてしっかりやってきた。

「ごめん。俺の目標だった。『護』は、熟語になって『ご』って読むことが多いし、音読みは常用外なんだけど、『まもる』って読む」

「簡単な方の守ると、違うの？」

質問した拓を斜め後ろから見ていた松岡が、身を乗り出したのが真弓にもわかった。きっと心強く思ってくれている。当たり前に質問ができるということを。

真弓も今、そう思った。

「真弓先生もそれ気になって調べてきた。常用外ってこと以外は大きくは変わらないみたい。でも微妙に使い分けてるみたいだよ」

「そんなのむずかしいよー」

「難しいよね。簡単な方の守るは、防ぐ意味が強いみたい。うーんと。真弓先生を、交通事故から守る。が、簡単な方の守る」

例文にでもここに拓を入れたくなくて、真弓は自分を主語にした。

「じゃあこのむずかしい方の護るは？」

「よりそうとか、つきそうとか。護衛って、いうじゃない」

「よくわかんない」

「大切によりそって護るってことかな」

この漢字で終わる予定だったので精一杯予習してきたことを、拓に説明する。

「ふうん」

久しぶりに、拓のその口癖を聞いた。

つまらないし、寂しいと思ってくれている。

ゆっくり、拓は鉛筆を握った。

「じゃあ……俺が」

いつの間にか、拓の小さかった字が、少し大きくなっている。

「真弓先生を、護る」

護ってほしいとは言わずに、護ると、拓は書いた。

「ありがとう」

胸が詰まって、声を上げて泣きたい気持ちを、それでも真弓が全力で飲み込む。ここで真弓が泣いてしまったら、拓の気持ちも乱れてしまう。

拓から受け取った鉛筆を、しっかりと真弓は握った。

「俺も、松岡先生も、山本先生も、富田さんも、みんなが、拓くんを護る」

最後の長い文章だ。高い筆圧で、力強く、書く。

「だから拓くんは」

今日は俯（うつむ）くことの多い拓の火傷（やけど）の痕（あと）が、髪の合間から見えた。

この火傷を誰が、どんな風に負わせたのか、真弓は知らないままだ。

「拓くんは大丈夫です」

文字を見つめていた拓が、ゆっくりと顔を上げて真弓を見た。

「うそだ」

「どうしてそう思うの？」

「真弓先生、もうこない。俺が、悪い子だから」

きっと、癖になってしまっているのだろう。拓の手が、火傷の痕を覆った。

「違うよ。何も拓くんのせいじゃない」

もしかしたらその火傷を負った時、拓も痛みを感じなかったかもしれない。

真弓が今まで、大きな痛みを感じることができなかったように。

「俺は、拓くんと出会って、拓くんが学校に行けるまで勉強を教えられて」

大学四年生になるから忙しくなるとだけ、松岡は伝えてあると言っていた。

「ちゃんとした先生になりたいって、思うようになったんだ」

嘘でもごまかしでもない。それが拓と出会って真弓の前に広がった道だ。

「だから四月から俺も、先生になるために一生懸命勉強する」

様々、続く言葉が胸を過ぎる。

「ありがとう。拓くん」

その様々は、一言に込めた。

唇を噛みしめて、拓が俯く。

「……ありがとう。真弓先生」

声を絞り出した拓の髪を、松岡がくしゃくしゃっと撫でた。

「また遊びにくるから」

「ほんとう?」

うそだ。と、さっきのようには拓は言わない。

「うん。必ず。指切りしよう」

小指を、真弓は差し出した。

拓が小指を絡めてくれる。

「ゆびきりげんまん」

誰かと指切りをするのは、本当に久しぶりだ。

まだ小さな手が自分の手にしがみつくように見えて、「護る」という言葉を胸の中で真弓は繰り返した。


食堂で富田が、少し早いお昼だと言ってカレーを出してくれた。

拓と、松岡と、富田も一緒に、四人でカレーを食べた。

カレーは驚くほどおいしかった。誰が作ってくれたカレーとも違う。辛くないこのカレーの味を自分は忘れられないだろうと、真弓は惜しんだ。

「じゃあ、買い物のついでに真弓先生角まで送ってくるから」

水色のエプロンが相変わらず似合わない松岡が、玄関で先に靴を履く。

「いつでもきてね！　真弓先生」

富田はいつもと変わらない笑顔で、食堂のところから右手を振ってくれていた。左手は、拓の肩にある。

下ろした右手を、拓は強く握りしめていた。まなざしはつま先を見ている。

不意に、拓が富田の左手を振り切って駆け出した。真弓が右腕を打った時と同じ、驚くような勢いで駆けてくる。

怖いと、真弓は思った。体に力を入れて、身構える。

「真弓先生！」

真弓の目の前で止まって、拓は名前を叫んだ。

「転ばせてごめんなさい！　痛かっただろ？　俺、俺……っ」

もっと長い文章で話そうとしてくれたのに、拓は泣いて座り込んでしまった。

玄関に、真弓は膝をついた。泣いている拓の目線まで屈んで、そっと、頭を撫でる。

前はこういう時、何も考えられなかった気がした。

今は必死で考えている。

何が、拓にとって最善の言葉なのかを。

「拓くんが、一生懸命謝ってくれてるから」

けれど、今の自分に最善など、見つけられるわけがないともわかっている。

「真弓先生の心が、とっても助けられて、護られました」

掻き集める。言葉ではなく心を。

拓のために。そして自分のためにも。

「痛かっただろ?」

「痛かったけど、もう治ったよ。もう痛くない。見て、拓くん」

泣いている拓が、真弓の言葉に顔を上げた。

できる限りの本当の笑顔を、拓に向ける。

「真弓先生が、俺の火傷、俺のせいじゃないって言ってくれたから」

目を合わせて拓が、言った。

「俺の心が、護られました」

長い文章だ。

「その言葉、覚えててくれて嬉しい。ずっと覚えててね」

「うん」

「忘れそうになったらまた、言いにくる。またくるよ」

「うん」

さよならを言って、二人ともが手を振る。

外へのドアを松岡が開けて、真弓はよく晴れた往来に足を踏み出した。

駅に向かう道を、松岡と並んで真弓は歩いた。若葉園を出たら、堪えていた涙がどうしようもなく零れ落ちた。

怖いと思ったことを、真弓は拓に悪かったとは思わなかった。

怖いと思うこと。痛いと感じること。

それができなくては、自分も、人も、護れない。

今まで真弓は、その二つが遠くにあった。

「またきてって、拓何回も言ってたけど」

右に曲がる角で、松岡は立ち止まった。

「きてもこなくてもいいんだ」

真弓の感じた怖さを間近に見ていた松岡が、児童指導員の声で告げる。

「言ったろ？　自分の手当てが先だって。これたら顔出してくれたら拓は喜ぶだろうけど、自分優先して」

「松岡先生は」

大丈夫なんですかと口をつきそうになって、尋ねてはいけないと、真弓は言葉を切った。

自分を優先することを、松岡はしてきていない。いつからか真弓は、そのことに気づいた。もしかしたら最初からかもしれない。

首を傾けて、松岡は少しの時間、空の方を見ていた。

いつも長く伸ばしている前髪を、不意に、松岡は右手で上げた。

額の隅に、古いけれど酷い傷が残っている。

「我慢してたらいつか終わるって、信じてた。子どもの頃は。でも終わらなかったし、そういう親を離れるのも辛かったし、離れた後もそんなにいいことはなかった」

自分の生きた時間を、長いけれどとても短い文章で、松岡は語った。

「とりあえず人を憎むのをやめようって、決めた。八角に出会って」

手を下ろして、松岡が小さく笑う。

「八角のこと憎みそうになって。ここで八角憎んだら俺の人生、人憎んで終わるって思ったんだ。だけど、どっかで俺、やっぱりあいつのこと憎んでたのかもしれない」

どうしてと、真弓は問わなかった。

明文化されなくても、松岡が八角を憎みそうになったことは、自分の気持ちと一緒に理解できた。

真弓も同じ淵に立った。

大きな負債から、助けてくれた人、救い上げてくれた人を、憎みそうになった。

負債を持たない、自分の負債を見た人だ。その負債の重さを本当には知らないだろうにと、心を歪ませてしまいそうになった自分を、真弓も確かに覚えている。

「子どもたちを俺のようにしたくない。まずはちゃんと、八角と友情を紡ぎ直すよ」

松岡のその言葉は、真弓への楔にもなった。

「はい」

そう答えるのが精一杯の、大きな楔だ。

「真弓先生も、拓も、俺も、体に傷がある」

「ほんとだ」

「偶然じゃないよ。集まるものなんだ」

仕方なさそうに、松岡が気持ちを緩めて苦笑する。

「弱者は弱者を求めるなんて言葉も、ある。だけど」

嫌な言葉だと真弓は思ったけれど、松岡は感情を込めていなかった。

「いつか、撥ねのけたいって、初めて思ってるよ」

代わりに、いつもの彼とは違う言葉を渡される。

「また」

軽く手を上げた松岡から、投げられた声ももう、いつものように軽かった。

「また」

同じように軽くは言えなかったけれど、真弓も手を上げる。

買い物は嘘だったようで、松岡は踵を返して若葉園の方に戻っていった。

これから先松岡がどんな風に生きるのか、今告げられたように八角と友情を紡ぎ直すのか、今はまだ真弓には何もわからない。

知らされることも、ないのかもしれない。

松岡とは「後で」がない間柄だ。

いろんな間柄がある。

遠ざかる松岡の後ろ姿を惜しんで、見えなくなるまで真弓はその場に立っていた。


大学四年生の四月になると、大学軟式野球の春季リーグはすぐに始まった。

最後の部活動の合間に真弓は、ふと勇太に日曜日に外で会いたいと告げられた。日曜日は少ししか時間が空けられないと言ったら、それでいいからと言われて勇太が彫った蓮の花の前で待つことにした。

「なんだろ」

お昼前には球場にいかなくてはならないので、真弓は野球部の黒いジャージだ。とてもデートといえる風情ではない。

こんな風に少しでいいから家の外で会いたいと勇太が言うのは、もしかしたら初めてかもしれない。けれど特に嫌な予感がするでもなく、晴れた空を見上げては、また飽きもせず真弓は蓮の花を見ていた。

嫌な予感が何もしないというのは驕りかもしれないが、予感を持つ材料が何もないのに不安にはなれない。

「てゆうか、俺めちゃくちゃ忙しいって言ってあるのに」

むしろこの強引なデートの約束に、真弓は怒っていた。

四年生になった途端、本当に毎日が忙(せわ)しない。報告を忘れていた人に気づいては、走っていって謝ったりもしている。

引退は、部内では最初に東宮(とうみや)に伝えた。引き継ぎがあるからという気持ちだったが、告げた途端東宮は泣いてしまった。心細いし、たくさん助けられているのに、真弓がいなければやっていけない。

寂しいと、言ってくれた。

その時八角(やすみ)の言葉を、真弓は思い出した。

適当なんじゃない。人の気持ちは、そういうものだ。揺れるし、冷える日もあれば、あたたかな日もある。

「遅いなあ。もう」

ぼやきながら、遠くから、知らない人がこの小さな寺に向かって駆けてくることに真弓は気づいた。

人通りも少なく、寺といってもここは裏手なので、わざわざ誰かがくることは稀だ。

上背のある男の走る勢いに少し身構えて、すぐに真弓は、それがよく知っている人だとわかった。

「どうしたの？　その髪」

近づいてきたのは勇太だった。

遠目にわからなかったのは、少し肩につくくらいの髪が黒かったからだ。

「……走ったわー。しんど。切ってきた。ほんなら最初におまえに見せたいやん」

切れた息を整えてから、恥ずかしそうに、気の早い黒いTシャツにデニムの勇太が黒髪を掻く。

最近やけに付け根の黒い部分が伸びていると思ったら、金髪の部分がばっさり切られていた。

「一回だけ真っ黒にしたことあったよね」

「せやな。親方のとこちゃんと行き始めて。あと、反省の印にな」

神社でのことがあった後だった。まさに反省の証(あか)しだったのだろう。いつも色を抜いていた髪を、勇太が黒くしたことが一度あった。

「大人って感じ。かっこいいよ。あの時は似合わなかったのにね」

「そうやねん。せやからちょっと黒いとこ長くしてから切ろて思て、伸ばしとってん」

「なんで教えてくれなかったんだよ」

「びっくりさせよと思うて」

「びっくりした。似合ってる似合ってる。でもなんで？」

手を伸ばして真弓は、少し長めの勇太の黒髪に触れた。感触も金髪の時とは違う。色を抜いた髪のように乾いていなかった。

「いやー。おまえ一体幾つやーゆわれてなあ。親方に。ええ加減にせえや、もうとっくに二十歳過ぎたやろーて。とっくやないわ。ゆわれたん去年やし」

「それで黒くしたの？　ってゆうか、親方大阪(おおさか)弁になってるけど」

その小言は、今まで勇太は山下(やました)仏具で山下以外にも散々に言われていたはずで、そんな馬鹿なと真弓が肩を竦める。

「それを親方の言葉でゆうとった。おまえ知ってるか？　若い時分に髪の色変えたり化粧濃くしたり、赤だの紫だの着るってのは、虫の攻撃色みたいなもんなんだぞっちゅうて」

「虫ってちょっと」

ふざけているのかと、真弓は噴き出した。

勇太も、笑ってはいる。けれど何か、身に染みているような目をしていた。

「虫が攻撃色に変わるときは怖い時なんだぞて、ゆわれてな。おまえまだ怖いのかって、ちゃんと訊かれてん」

黒く落ちついた髪のせいだけでなく、大人の目をして勇太が笑う。

「恥ずかしなってしもて」

「それでも似合わなかったことがトラウマになってるから、伸ばしてから切ったと」

「しゃあないやろー！　俺かっこつけて生きてきたんやで結構」

揶揄った真弓に、勇太は声を上げた。

「かっこいいからね。その黒髪も、すっごくかっこいいよ。今の勇太に似合ってる」

真面目に褒(ほ)めた真弓に、勇太が照れくさそうに髪を払う。

「床屋って、目の前に鏡あるやん。鎌田(かまた)のおっちゃんも、よっしゃーって張り切りよって。肝冷えたわ」

「それは冷えるね。……勇太は」

何を言おうとしているのかわからないまま、真弓は勇太を呼んだ。

「もう、怖くないんだね」

子どもの頃に背負った痛み、その記憶は、ずっとそのまま勇太とともにあると思い込んでいた頃が、真弓にはあった。

「攻撃色出すほどのこと、ちゃうな。……おまえは、どうや」

同じことを、問いとして勇太が真弓に返す。

「俺は」

思いがけず、今の自分を打ち明けることになったけれど、真弓は揺らがなかった。

「今まで、痛さとか怖さとか、あんまり感じてなかった」

語り出した真弓を、勇太も不安に思わず見ていてくれる。

「だけど最近、怖いことは怖いって、思うようになった。痛いことは痛いって、感じるようになった」

強すぎないまなざしで、真弓は少し高いところにある勇太の目を見上げた。

「それでもいい？　俺勇太のこと愛しているし信じてるけど、怖いことは怖いし痛いときは痛い」

伝えなくてもいいことのような気がしていた。

けれど聴いている勇太の安堵を知ったら、打ち明けてよかったと、真弓は知ることになった。

「俺、何遍もゆうたやろ。見張っとってくれって。俺がおまえを、人を傷つけんように見張っとってくれって、何遍も頼んだやろ」

「そばにいる」

恋人を見張るつもりは、真弓にはない。

怖さと痛みをちゃんと感じられるようになった心で、愛したまま、今までと変わらずに一緒にいるだけだ。

「なんかでも、前に言ってたみたいに教育実習うまくやれない気がする。憂鬱」

教育実習を軽く考えていると、真弓は前に言葉にしたことがある。

実際、簡単に捉えていた。

「俺、変わっちゃった」

大勢の子どもたちと、何週間も過ごす。勉強を教えるだけではきっと済まない。まだ未知の時間も、今は怖かった。

「今の方がええよ」

ふと、穏やかな声が、勇太から渡される。

「その方がええ。少し迷ったり怯えたりしてる方が、人も、おまえもあんまり傷つかんですむやん。きっと。おまえがちゃんと、怖いことや痛いことがわかっとる方が俺は、安心や」

いつも、そばで勇太が持っていてくれる愛情が、真弓に注がれた。

怖さと痛みがわからないままだったら、勇太がどれほど不安なのかも、それがどれほどの愛情なのかも、知らないでいたかもしれない。

幼さとわからなさで、強がっていた。強がっている自分を、真弓は知らなかった。

「勇太」

彫られてから時間が経って、少し色を変えている蓮の花に、指先で触れる。子どもで、傲慢だった。そういう自分と、真弓は今、別れた。

「大好き」

人気のなさを確かめてから、少し背伸びをして真弓は勇太にキスをした。

「なんやー。こんな真っ昼間に外で」

柄にもなく勇太が恥ずかしがって、辺りを見回す。

「黒髪の勇太と、最初のキスじゃん」

「えー。俺からしたかったそんなん」

「そういうとこあるよね、勇太」

「しゃあないやん」

笑いながら、そろそろ時間だと駅に向かって、どちらからともなく歩き出した。

また間違える日もある。そうしたらきっと、ここにくれば思い出せる。

この蓮の花が、真弓には楔になる。大切な楔だ。

いや、楔だろうか。この花はそんな風に、自分を強く咎めるものではない。

「道標だ」

言葉の方から、自然と真弓の唇を出て行った。

尋ねるように、勇太が隣の真弓を見る。

「春大会終わったら、教育実習の前にご休憩いこうね！」

「色気ないなあ。はいはい」

目を細めて笑っている勇太の横顔は、もう大人の男だ。

大人になっても、何度も迷う。きっとこれからも。

少し離れてしまった蓮の花を、真弓は振り返って見つめた。

噴き出した気持ちを込めて彫ったと勇太は言っていた。

きれいな道標が、そこにはあった。

あとがき

末っ子、就活駆け抜けました。

駆け抜けたのであった。

いかがでしたでしょうか。

わたしは割と燃え尽きました。

度々書いておりますが、一巻からここを目指して書いてきたわけではありません。長い休筆期間もあり、少しずつ時間を進めながら、近頃では本当に登場人物たちに手を引っ張られて書いている。そんな風に書いています。

私が思っているより真弓はずっと弱いし、私が思っているより真弓はずっと強い。

一行一行を、真弓と話し合うようにして書きました。

プロットを書いたのは二年以上前です。けれど、真弓の選択のために私が資料を読まなくてはいけなかったとかそういうことではなく、二年後の今じゃないと書けなかったと、書きながら思いました。

今回真弓が目指した先のお仕事をなさっている方、Oさんとは、五年ほど前に知り合いました。そこからゆるやかに長くやり取りをして、質問を重ねたりしました。原稿も何度も目を通していただきました。

もしかしたら読んだ皆様も驚かれたかもしれないのですが、

「そういう拓が人に愛着持てたら、それはもう大喜びするとこなんだよ。こっちとしては。だから君には続けてほしい」

松岡永のこの台詞は、私の、Oさんへの質問に対していただいた答えから考えて書いたものです。

真弓はもう若葉園に行けなくなるし二度と拓くんに会えなくなると、私自身そう思い込んでいました。

思い込んでいたので、Oさんの答えに三回ほど訊き返してしまいました。

最初は困ったと思ってしまいました。

それでも「物語なので」と、プロットを優先させる気持ちはまったく湧きませんでした。

物語でも事実を曲げてはいけないという気持ちは、舞台が舞台なだけに強くあります。

それ以上に、真弓がそれを嫌がると思いました。

想像しなかった答えをいただいて、しばらく考え込みました。

想像していなかったけれど、どの道を通っても真弓も、そして勇太も、同じ場所にたどりつくと気づきました。

Oさん。真弓の就活におつきあいいただき、ありがとうございました。

富田さんの場面は、富田さんと同じ仕事をしている友人に相談しました。ありがとう。

今回、隔月で就活駆け抜けました。いつもより筆が簡単には進んでくれず、私は何度も挫けそうになりました。

けれど担当の山田さんの努力と強い意志で、お待たせせずに最後まで読んでいただくことができました。山田さんありがとうございます！　間を空けたら私は書けなくなったかもしれない。もう一度真弓と走るのがしんどくなってしまったかもしれません。

二宮悦巳先生の本当に本当に美しい絵も、私の手を引いてくださいました。もう無理かもしれないなんて気持ちになっても、私が書いたら二宮先生の絵が見られるんだ！　ということが私を立たせてくれました。ありがとうございます。

六巻の頃、十一巻の頃より、真弓も勇太も大人になって、みんながんばった。

白坂さんの話とか書きたいな！　十巻の昴と晴も、今ならどうにかしてあげられる気がする。

彼らは元気だろうか。

そんな、二十巻でした。楽しんでいただけましたでしょうか。読んでくださって、本当にありがとうね。

ひとまずのゴールに近づいてきました。

もう少し、おつきあいいただけたら幸いです。

猫と春を待ちながら／菅野彰

遠くない日に待ち合わせ

居酒屋のカウンターに横並びで会えたのは、五月になってからだった。

出会ってからと数えると、九年以上が経っている。

「ここ、よく使うの？」

右隣の男に、松岡永は尋ねた。

人形町という、松岡にはあまり縁のない土地だ。

「いや、初めて入った」

生ビールで二杯目の乾杯をした八角優悟が、仕事用のグレーのジャージ姿で肩を竦める。

仕事終わりだが、ちゃんと待ち合わせに間に合う時間に駆けつけたのだろう。

「へえ」

初めてと言われて、松岡は妙に八角に感心してしまった。

呑みたいと誘ったのは自分だ。そうしたら八角から「この店はどうか」と連絡がきた。

普通の居酒屋だが、チェーンでもなく、高すぎるでもない。メニューも程よく、大騒ぎする学生はいないが、それほど畏まった席でもなかった。

松岡は適当なTシャツにデニムできたが、それで困るような場ではまったくない。

さすが八角だと思って、こういう思考が自分はすっかり癖になっていると松岡は苦笑した。

「なんか、謝りたいことが山積みなんだけど。俺」

一杯呑み終えてから、謝りたいと言った八角の歯切れは悪くない。

好きに謝ってくれと言ったら八角は、一つ一つ丁寧に、自分に謝罪するのだろう。

大学野球部の後輩が、松岡の勤め先にきたこと。そのことで時間を食わせて大迷惑をかけたと、きっと八角は思っている。

そして、松岡が何故八角に連絡し続けたのかそのきっかけの出来事を覚えていないことを、八角は謝りたいのだろう。

覚えていないことなんか、松岡にはわかっていた。

「真弓(まゆみ)先生のことなら、謝られても困る。おまえが止めたのに、誘ったのは俺だから。謝るなら俺だろ」

伝えたのは遠慮や嘘(うそ)ではなく本当のことだった。

「いや……だが、この間帯刀(おびなた)に会ったが」

ふと、そのときを思い返すようにして、八角が生ビールのジョッキをカウンターに置く。

「もっと強く止めるべきだったとは、思わなかったな。松岡には迷惑をかけたが、なんだか帯刀は気持ちが緩んだように見えた。楽になったっていうのかな」

「そうなの？」

八角が丁寧に食み返している後輩のその後については、松岡もきちんと知りたかった。

きっとあの子は、またくるだろう。朗らかに笑って、子どもたちに会いにくる。子どもたちの前ではなんの苦も見せないに違いない。そして目の前に子どもたちとあの子の両方がいたら、松岡は子どもたちを見てしまう。

家庭教師をしながら、あの子がギリギリのところまで追い詰められているのを松岡はわかっていた。

冷酷な意地悪をしたわけではない。声はかけたし、気にして見ていた。

けれどある一点を通り越していくのを見つめながら止められなかったのは、今隣にいる八角への意地だった。

そのことは悔やんでいる。

「前よりリラックスして見えて、なんだか安心したな。だけど、大変な思いをしてきたのに随分明るいし健やかだと思っていたんだが。……無理してたんだな」

その無理に気づかなかった己を、八角は咎めていた。

「無理してることに、全然気づいてなかったんだと思うよ」

以前の自分なら、落ち込む八角を放っておいた気がした。

「そうなのか？」

「多分。なんていうか、その子どもの頃の件は……普通に考えて相当怖いでしょ。怖いっていうか、死ぬ思いしてるわけじゃない」

「ああ」

「そういうことがあると、怖いって思う……なんていうのかな。怖いって感じる部分かな。そこがそんとき死んじゃう」

「死ぬ？」

強い言葉に、八角はジョッキを握ったまま目を瞠っている。

「うん。だから、子どもの頃になんか酷い目に遭った子が、逆に大胆だったり奔放だったりすることって稀にだけどあるんだよ」

「それっておまえの仕事の……」

言いかけて八角は、不適切だと思ったのか言葉を切った。

そういうところが松岡のよく知っている八角だ。

「もちろん二度と立ち直れなくて引きこもっちゃう子も多い。そうならないために『怖い』が死んじゃうわけ。あんだけの目に遭って、怖いって思っちゃったらもう外歩けないよ」

そのことは松岡にとっては、経験則というよりは一般論に近かった。

「……それは、そうか。だけど、死んでしまったら」

「生き返らない」

そういうものだと、短く八角に伝える。

「じゃあ、これからどうするんだ？　帯刀は」

「生まれつき持ってた『怖い』は、その時に死んじゃったのかもしれないんだけど。大人に護られたりとか、友達とか、恋人とか。誰でもいいんだけど人と触れ合ううちに」

確かにあの子の「怖い」は死んでいたと、松岡も最後に知った。

けれど背中の傷を受けた時に一度死んだのかもしれないが、松岡が出会う前にはもう、始まっていた。

「新しい種が蒔かれて、芽が出て。それが育って、まあまあ使える『怖い』になったりもするんじゃない？」

きっととうに、あの子の芽吹きは始まっていた。

それが誰が蒔いた種で、誰が大切に水をやり続けたのかは、松岡は知らない。

水をやったのは一人ではない。

隣にいる八角も、その芽吹きを手伝った一人なのだろう。

「緩んだってことは、ちゃんとした『怖い』が咲いたのかもしれないな」

「咲いた、か」

実際にあの子を見ている八角には、その言葉がしっくりときたようだった。

「あんな顔、持ってたんだなって思ったよ。この間帯刀に会った時。大人にもなった。ありがとうな、松岡」

「俺なんにもしてないよ」

おまえへの意地を張っただけだと、ちゃんと話せたらと思っていた。

けれど、今更そんな話をする意味はお互いにない気がした。理解し合えないことを話して、嫌な思いをする必要はない。

「俺、おまえに話があるんだ」

別に話さなくていいと松岡が思った刹那（せつな）、八角が真逆のことを言った。

「何」

高校時代に出会った八角と卒業の時に連絡先を交換して、こうして二人で話すのは初めてだ。ただの信号のように八角を扱っていた。正しさをジャッジしてもらうための秤（はかり）にしていた。だから松岡にはこんな時に八角が、どんな話を切り出すのかまるで想像がつかない。

「おまえに手を借りたイベント、オフシーズン中に回数を重ねる目途がついた。今、そのイベントチームを育ててる。回るようになるまで必ずやってから、俺、今の会社辞めるよ」

ぽかんとして、松岡は八角の話を聞き終えても特に言葉が見つからなかった。

「すまん。せっかく手伝ってくれたのに、俺が責任持ってずっと続けられなくて」

そこまで繋（つな）げられてやっと、そのことを謝罪する主旨の報告だと気づく。

「ああ……いいよそんな。俺なんかに謝る必要ないし、続くんだろ？」

「軌道に乗せてるところだが、スポンサーもついたし上手くいくと思う」

そのイベントの件で、初めて八角の方から松岡に連絡があった。

最初、本当は丸ごと断ろうかと思った。いつも心の底にあった思いで、拒絶したかった。

おまえに何がわかるという、暗い泥よりも冷たいうねりのような思いだ。

「よかった」

自分の冷たい泥で、断らなくてよかった。そのことだけは自分を褒めてやりたい思いがした。

あのイベントの日、子どもたちは楽しそうだった。その楽しさを持って帰って、大切にしている子もたくさんいる。

「仕事、辞めるのか。世話になっといてなんだけど、おまえっぽくないもんな」

「それ、みんなが言うんだよ。俺なりに考えて選んだ仕事なんだぞ？」

苦笑している八角は、まるで長くつきあっている普通の友人のようだ。

「おまえっぽくないよ。何すんの？　次」

「……言いにくい。野球部の同期がな。なんていうか、行政とかそういう、な。三十前にやるって言うから、手伝うことにした。強引なやつでなあ」

仕方なさそうな憎まれ口は、きっと八角の親友に向かっている気安さだ。

その言葉の先に自分が居たかった気持ちがあったと、今初めて松岡は知った。

「おまえに合うよ。そういうの。行政でバリバリやってほしいね。俺としては」

持っても、仕方のない思いだ。

最初から自分は、八角と対等であろうと思いもしなかった。

「やれるのかな。そこはわからん。今まで考えたこともなかったからな、俺は」

「そこはその同期が考えてるんだろ。……ここ、蕎麦（そば）あるんだな」

間が持たなくなってきてメニューを眺め、居酒屋にはそんなにはない蕎麦に気づく。

「あ、気づかなかったか？　ここ、長野（ながの）の郷土料理居酒屋なんだよ」

「え？」

「おまえが一緒に呑みたいなんて言ってくれたから、張り切って店探したんだけど。好みもわからんし、それで。あ……別に、懐かしくないか。そうか。そうだな」

いい思い出などきっと一つもないと、今気づいた失態を八角が瞳に映した。

実際のところそうだ。松岡にとって故郷は、父親からの暴力と、馴染（なじ）むことはなかった学校生活。そういう場所だ。

「すまん」

「おまえんち、こういうの出たの？」

八角が適当に頼んだ食事はどれもうまかったが、何故と若干首を傾（かし）げたほうとうの器を指でさす。

「いや……地域が違うんじゃないか？」

「だよな。長野の郷土料理か。今まで考えたこともなかったけどおまえ」

食べたことのないほうとうを口に入れて、いったん飲み込んだ。

「モテないなー」

「なんでわかるんだよ！」

「いや、モテるわけないっしょ。一生懸命店選んでくれたのはありがたいけど、地元の郷土料理の店って」

おかしくなって、笑いが込み上げてくる。

八角に悪気がないことはよくわかっていた。

確かに謝られた通り、家庭の味は知らない。それでも十八までを育てられた施設には幾ばくかの思いがあって、今の仕事を選んだ。こうして噛(か)みしめれば、悪い思い出ばかりの故郷というわけでもない。

いずれにしろまだ二十代で真剣に郷土料理の店を見つけてくる男は、普通に考えて恋人も喜ばない。

「笑ってくれるなら助かるが……。こんなんで行政なんて、無理だな。俺」

人の痛みを結局知らないと、八角は思い知ったのだろう。

それを八角が本当には知らないことを、松岡もよく知っている。

高校生の時とは違って、それが八角のせいではないことも、そしてそういう八角だから持っている健やかさがあることも、今の松岡は知っていた。

「俺は、救命ボートにどんどん子どもを乗せたい。だけど、救命ボートは全然足りない。おまえならどうする？」

ぬるくなったビールを呑んで、八角に尋ねる。

「なんだよ急に。だったら救命ボートをどんどん増やすよ」

「うん。おまえはそうしてよ。一つ一つの痛みを見て知ってたって、救命ボートをどんどん増やす仕事はできないよ。知る必要がないとは言わないけど、おまえは自分が知らないってことをわかってるじゃん。それでよくない？」

出会った頃から八角はそういう人間だっただろうかと、もう遠い学生服の頃を松岡は思い返した。

正しい、四角四面の、本当は嫌な奴に見えていた。知らないことなどないと思い込んでいるように、松岡には見えた。

そう見たかっただけなのかもしれない。八角には悪いけれどそれはもう、確かめようもない。

「俺も、本当は救命ボートに乗せたいけどな」

ふと、お互いの立ち位置が入れ替わったようなことを、八角は言った。

「乗せてるよ。真弓先生だって、乗せたろ。俺だって……」

話が深いところに入っていきそうになって、不意に浅瀬に上がってしまった気がした。

八角の外郭しか、松岡は知らない。きっと八角も同じだ。

それでも八角の懐の広さがあって、連絡だけは続いてきた。

「間が、持たないなー」

デニムのポケットにいつも入れている一万円札を取り出す。

「また」

「なんだよ。謝ること山ほどあるんだから、帰るならここは俺が出すよ」

カウンターに置かれた伝票に、畳んだままの札を載せた松岡に八角は慌てた。

「俺、おまえと違ってそこそこモテるから。行くとこあんの」

「モテないって決めつけるなよ」

「モテるのか?」

「モテませんよ……」

初めて見る拗ねた子どもじみた顔をした八角に、おかしくなって笑う。

「割り勘にして」

完全な男に見えた八角には、松岡にはまだ見たことのない顔がたくさんある。お互いがお互いをほとんど知らない。

「また、呑も」

これ以上知り合う必要も、ない。

「ああ。もちろん」

そういう間柄もある。

近づくこともなく、秤としてそこに居続けてくれるものだと、松岡はどこかで八角を軽んじていた。

けれど、たくさんの人から大切に「怖い」が芽吹くのを手伝ってもらったのだろうあの子に、約束した。

紡ぎ直すと。

紡ごうと踏み出したのだから、自分から見える八角の姿はゆっくりと変わっていくのだろう。

「じゃ、また連絡する」

「ああ。いつでも連絡してくれ、松岡」

八角に手を振って椅子を立って、本当は用もないのに軽やかに店を出る。

『また』は、恐らくはそんなにすぐではない。けれど必ず、『また』、巡ってくる。

その度やわらかに溶けていく。

長い時間、友との間に自らが引いていた、頑（かたく）なな境界線は。

そうすればきっと、お互いの輪郭くらいは見えるようになる。

いつかは。

この本を読んでのご意見、ご感想を編集部までお寄せください。

《あて先》〒141－8202　東京都品川区上大崎3－1－1　徳間書店　キャラ編集部気付
「末っ子、就活駆け抜けました」係

【読者アンケートフォーム】
QRコードより作品の感想・アンケートをお送り頂けます。
Ｃｈａｒａ公式サイト http://www.chara-info.net/

■初出一覧
末っ子、就活駆け抜けました……書き下ろし

Chara

末っ子、就活駆け抜けました

【キャラ文庫】

2024年1月31日　初刷

著者　菅野 彰
発行者　松下俊也
発行所　株式会社徳間書店
〒141-8202　東京都品川区上大崎3-1-1
電話　049-293-5521（販売部）
　　　03-5403-4348（編集部）
振替　00140-0-44392

印刷・製本　株式会社広済堂ネクスト
カバー・口絵
デザイン　佐々木あゆみ

ISBN978-4-19-901121-4